Plan des von Herodes erbauten Tempels

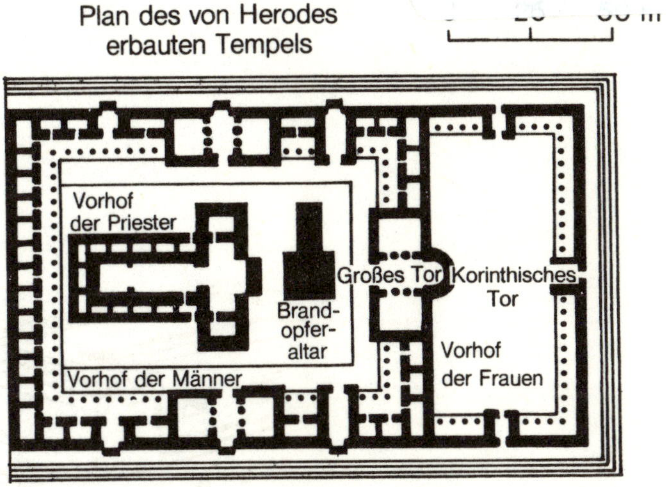

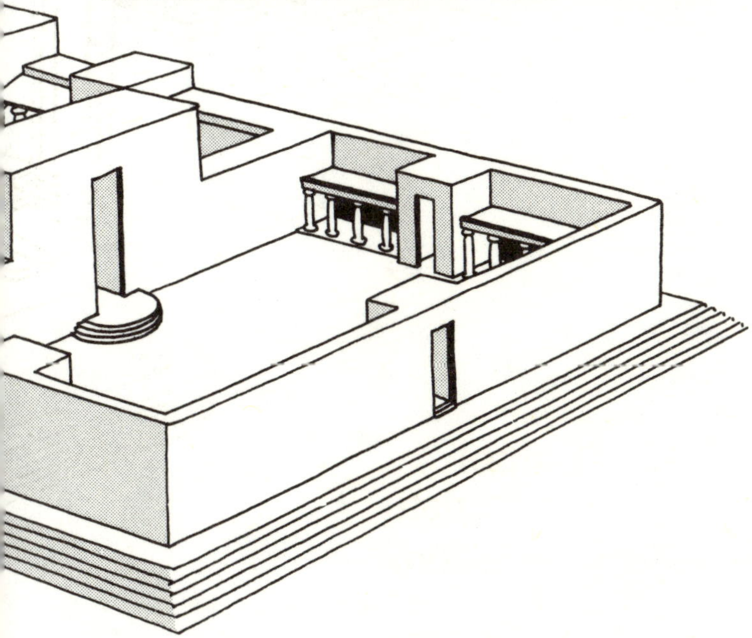

Grund · Der Ring des Pilatus

Josef Carl Grund

Der Ring des Pilatus

Eine Erzählung aus der Zeit Christi

Zeichnungen von Aiga Rasch

Loewe

CIP-Titelaufnahme der Deutschen Bibliothek

Grund, Josef Carl:
Der Ring des Pilatus: e. Erzählung
aus d. Zeit Christi / Josef Carl Grund.
Zeichn. von Alga Rasch.
2. Aufl. - Bindlach: Loewe, 1991
ISBN 3-7855-2205-3

ISBN 3-7855-2205-3 – 2. Auflage 1991

Umschlagzeichnung: Alga Rasch
Satz: Fotosatz Mühlberger, Gersthofen
Gesamtherstellung: Wiener Verlag, Himberg bei Wien
Printed in Austria

Inhalt

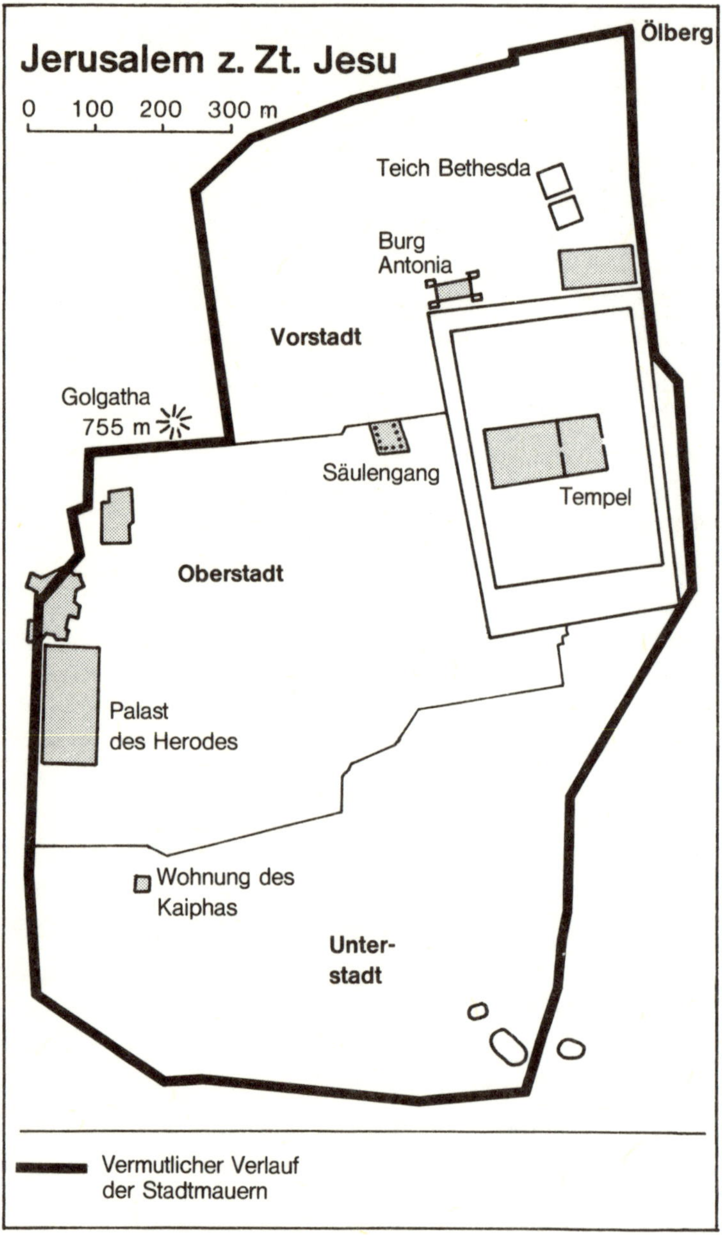
Jerusalem z. Zt. Jesu
0 100 200 300 m
Ölberg
Teich Bethesda
Burg
Antonia
Vorstadt
Golgatha
755 m
Säulengang
Tempel
Oberstadt
Palast
des Herodes
Wohnung des
Kaiphas
Unter-
stadt
Vermutlicher Verlauf
der Stadtmauern

Zur Sache

Was die folgende Geschichte erzählt, geschah vor fast zweitausend Jahren – und ist heute so lebendig wie einst.

Weltgeschehen lief damals ab, auch wenn viele Beteiligte es nicht erkannten.

Es geschah in drei Tagen – zwischen tiefster Verzweiflung und höchstem Triumph: zwischen Kreuzigung und Auferstehung.

Aus dem Kreuz auf Golgatha wurde das Siegeszeichen des Christentums . . .

Auch jetzt wieder (wie in meinen anderen historischen Erzählungen) lasse ich einfache Leute erleben, was um sie herum geschieht: den Sklaven David, den Töpfer Jochanaan und seine Familie, den Gesellen Ephraim, den heilkundigen Abram, den Centurio aus Kapernaum und dessen Decurio.

Wieder erzähle ich keine erfundene Geschichte, sondern stütze mich soweit wie möglich auf Tatsachen. Ich fand sie im Alten und Neuen Testament der Bibel, in der Apostel- und Kirchengeschichte sowie im Kern vieler Heiligenlegenden (wie sie heute noch in christlichen Gemeinden des Nahen Ostens erzählt werden). Wertvolle Erkenntnisse entnahm ich den Schriften von Qumran (Kumran), die 1947 in Höhlen über dem Nordwestufer des Toten Meeres entdeckt wurden. (Vermutlich wurden sie zwischen dem 3. vorchristlichen Jahrhundert und der Zeit Christi geschrieben.)

„Weltliche“ Zeugen sind mir unter anderen der jüdische Geschichtsschreiber Flavius Josephus (37/38–100 n. Chr.), der römische Historiker Suetonius (um 70–140 n. Chr.) und der griechische Geschichtsschreiber Dio Cassius (um

155–235 n. Chr.), der eine Geschichte Roms in griechischer Sprache verfaßte.

Ich besuchte die Stätten, an denen geschah, wovon ich erzähle.

Aus Erleben, Überlieferung, Glaube und Nachdenken („Interpretation“ sagen manche dazu) entstand „Der Ring des Pilatus“. Er hat mich viel Kraft gekostet – und in Glaube und Hoffnung bestärkt.

So übergebe ich ihn meinen Lesern.

Josef Carl Grund

Die Hauptpersonen

Joschua aus Nazareth, den die Römer „Jesus“ nennen

Pontius Pilatus, römischer Statthalter (Prokurator) von Judäa
Procula, seine Gemahlin
David, Proculas Sklave
der Centurio aus Kapernaum, ein römischer Offizier
sein Decurio, ein Unteroffizier

Jochanaan, ein Töpfermeister

Judith Mirjam Ruben Samuel	seine Kinder

Ephraim, Jochanaans Geselle
Abram, ein Heilkundiger

Josephus Kaiphas, Hoherpriester

Simon (Petrus) Andreas Matthäus	Jünger Jesu, später „Apostel“ genannt

Der Mann aus Nazareth

Die Stadt Jerusalem glich einem Bienenkorb zur Schwarmzeit.

Alle jüdischen Familien bereiteten sich auf Passah vor, das Freudenfest, das an die Befreiung des Volkes Israel aus ägyptischer Knechtschaft erinnert.

Von nah und fern wanderten, fuhren und ritten Scharen von Pilgern an, um die Feier mit Opfer und Gebet im Tempel zu krönen. Mehr als zweihunderttausend Gläubige waren angereist. Da die meisten keine Unterkunft in der überfüllten Stadt fanden, wuchs das Zeltlager vor den Mauern von Stunde zu Stunde.

Seit Menschengedenken war es zu Passah so gewesen; doch diesmal bereitete sich Besonderes vor. Böses lag in der Luft. Männer, Frauen und Kinder liefen wie im Fieber durcheinander; die Priester und Diener im Tempel hasteten eiliger als sonst durch die Hallen.

Pontius Pilatus, der von Kaiser Tiberius über die Provinz Judäa gesetzte Statthalter, hatte Jerusalems römische Besatzung verstärkt.

Er und seine Gemahlin Procula waren vor wenigen Tagen aus der Residenzstadt Cäsarea angereist, weil es Brauch war, daß der Prokurator des Kaisers zu Passah in Jerusalem wohnte. Das sahen die Judäer als freundliche Geste an, die Römer als Notwendigkeit. Immer wieder hatte es zu Passah Aufstände gegen die römische Herrschaft gegeben. Da war es gut, wenn der Prokurator persönlich die Kohorte befehligte, die in der Burg Antonia – nahe dem jüdischen Tempel – in Bereitschaft lag.

Seit Pontius Pilatus in Judäa regierte, hatte es nur kleine

Plänkeleien gegeben. Diesmal drohte Schlimmeres. Jeder fühlte es, auch Pilatus und seine Gattin.

Ein *Name* geisterte durch Jerusalem.

„Joschua“ sagten die einen, „Jeschua“ die anderen. „Jesus“ sagten die Römer.

„Der aus Nazareth“, sagten alle.

Seine Freunde hielten ihn für den Messias, den von Gott gesandten Erlöser aus römischer Knechtschaft.

Vor einigen Tagen war dieser Joschua unter dem Jubel seiner Anhänger in Jerusalem eingezogen. Er war auf einem Esel geritten und hatte die Männer, Frauen und Kinder gesegnet, die ihm mit Palmzweigen zuwinkten, Blumen vor ihm auf den Weg streuten und riefen: „Heil dem, der da kommt im Namen des Herrn!“

Durch ganz Jerusalem und durch die Gassen der Zeltstadt war die Kunde gelaufen, daß Joschua aus Nazareth von Gott gesandt sei, Wunder getan habe und das Königreich seines himmlischen Vaters errichten wolle; ein Reich, in dem es nur Liebe und Gerechtigkeit geben werde.

Dann hatte er Händler und Geldwechsler aus der Vorhalle des Tempels gejagt, weil der Tempel das Haus Gottes und kein Krämerladen sei. Und die Schriftgelehrten hatte er Heuchler genannt, die es mit dem Glauben nicht ernst nähmen.

Damit waren der Hohepriester, der Hohe Rat, Priester, Tempeldiener, Händler und Wechsler seine Feinde geworden; und die Römer mißtrauten ihm wegen des Königreichs der Gerechtigkeit, das er versprochen hatte. Als Herr über Judäa herrschte der römische Kaiser Tiberius, in seinem Namen regierte Pontius Pilatus als Statthalter und oberster Richter . . .

Nun war der Mann aus Nazareth festgenommen und zu Pilatus gebracht worden. Seine Jünger hatten ihn im Stich gelassen. Mutige, denen er Gutes getan hatte, hielten weiter zu ihm. Hitzköpfe gerieten aneinander.

Die Feinde des Verhafteten mischten sich unter die Menge, die durch Straßen und Gassen der Stadt drängte und in den Zelten vor den Mauern kampierte. „Dieser Joschua, den seine Anhänger für einen Propheten oder gar für den Messias halten, ist ein Gotteslästerer“, verkündeten sie. „Er behauptet, der Sohn Gottes zu sein. Dafür verdient er den Tod! Wehe jedem, der sich zu ihm bekennt!“ Für Bürger und Pilger, die besonders laut gegen den Nazarener schrien, gab es Geld, heimlich nur, aber es sprach sich herum. Und der Hohe Rat, hieß es, werde die Freunde des Lästerers Joschua scharf im Auge behalten.

Da fürchteten immer mehr von Joschuas Anhängern die Macht des Hohen Rates und sprachen nur noch im geheimen für ihren Meister. Laut für ihn zu reden, trauten sich bald nur noch wenige . . .

Jetzt, einen Tag vor dem Sabbat, sah es nach Aufstand aus. Aufgehetzte Leute drängten zur Burg Antonia, dem Gerichtssitz des römischen Prokurators.

„Laß ihn kreuzigen, Pilatus!“ schrie ein Tempeldiener aus der Menge heraus.

„Kreuzige ihn!“ brüllten zwanzig, dreißig und mehr.

„Lauter!“ befahlen die Tempelleute, die sich unter die Masse gemischt hatten. „Lauter! Lauter!!“

„Kreuzige ihn!!!“ dröhnte es zur Burg hinauf. „Kreuzige ihn!!!“

Nur zaghaft meldeten sich Stimmen für den Nazarener. Sie wurden überbrüllt und verstummten, als Freunde des Gefangenen niedergeschlagen waren, andere Beulen an die Köpfe bekommen hatten.

„Laß ihn kreuzigen, Pilatus!“ heulte es aus Straßen und Gassen. „Kreuzige ihn!!!“

Manche, die Joschua Gutes verdankten, schrien mit.

Der Prokurator ließ römische Legionäre vor die Burg marschieren. Sie stellten sich der Menge entgegen, stießen die Schilde auf den Boden und packten die Lanzen fester. Offiziere und Unteroffiziere zogen die Schwerter.

„Ans Kreuz mit ihm!!!" heulte es ihnen entgegen.

Es ging auf Mittag zu. Die Sonne brannte vom Himmel, der Schweiß floß in Strömen.

Die Menge wankte und wich nicht. Immer heftiger forderte sie den Tod für den Gefangenen. Viele hatten sich heiser geschrien; um so drohender schüttelten sie die Fäuste gegen die Terrasse vor der Burg.

Dort saß Pontius Pilatus, der als Statthalter und oberster Richter des Kaisers über Leben und Tod entschied. Hinter dem Gerichtsstuhl standen römische Offiziere mit den Fäusten am Schwertgriff.

Zur Linken des Prokurators stand der Mann, den die Menge ans Kreuz brüllte. Seine Hände waren gefesselt. Er sah friedlich aus und überhaupt nicht wie ein Verbrecher. Ein Legionär bewachte ihn, allerdings nicht, um ihn an der Flucht zu hindern. Fliehen war hier unmöglich. Auf Befehl des Prokurators sollte der Wächter diesen Jesus in Sicherheit bringen, falls es den Rasenden gelang, die Sperrkette zu durchbrechen.

Pilatus hatte den Gefangenen verhört und keine Schuld bei ihm gefunden. Daß der Hohepriester und andere wichtige Judäer den Mann aus Nazareth der Gotteslästerung bezichtigten, beeindruckte den Statthalter nicht. Sie sagten, der Frevler nenne sich Gottes Sohn. Das war für Pilatus kein Verbrechen. Im Römischen Reich gab es viele Götter, da kam es auf den Sohn eines Gottes mehr oder weniger nicht an.

Er nenne sich König der Juden, hatten sie behauptet.

Das wog schwer! König der Juden war der römische Kaiser und kein anderer!

„Behauptest du, ein König zu sein?" hatte Pilatus den Gefangenen gefragt, und dieser hatte geantwortet: „Ja, ich bin ein König – doch mein Reich ist nicht von dieser Welt."

Dazu hatte Pilatus nur spöttisch gelächelt. Jetzt hielt er den Nazarener für einen Schwärmer, dessen Gedanken nicht ganz in Ordnung waren. Der Prokurator war beruhigt. In seinem Traumreich sollte dieser Jesus König sein, solange es ihm gefiel. Kein Traumkönig wurde dem römischen Kaiser gefährlich.

Jedenfalls war der Träumer kein Verbrecher, der den Tod verdiente. Und seine Anhänger waren sicher genauso verwirrt und ungefährlich wie er, den sie Messias, Sohn Gottes, Rabbi, Meister, Wundertäter, einen Propheten oder sonstwas nannten ...

Procula, die Gemahlin des Statthalters, hatte ihrem Gatten erzählt, daß dieser Jesus Wunder vollbracht hätte. Sie wußte es von dem Sklaven David, den Pilatus ihr vor eineinhalb Jahren gekauft hatte.

David war fünfzehn Jahre alt und stammte – wie dieser Jesus – aus Galiläa. Seine Eltern waren gestorben. Nach ihrem Tod hatte ihn sein älterer Bruder an einen Sklavenhändler verschachert, um Geld in den verschuldeten Bauernhof zu bekommen.

Durch Zufall hatte der Haushofmeister des Prokurators den galiläischen Jungen für Pilatus erworben, und dieser hatte ihn Procula geschenkt.

David hatte schon bald das Vertrauen der Dame gewonnen und war ihr Bote für alle möglichen Aufträge geworden.

Dazu war er bestens geeignet; vor allem, weil er sich in den wichtigsten Sprachen verständigen konnte, die hierzulande gesprochen wurden. Aramäisch, die Umgangssprache im Morgenland, war seine Muttersprache. Griechisch (in dem sich gebildete Römer unterhielten) und ein bißchen Latein (das einige Legionäre redeten) waren ihm in der Schule des Rabbi Elia eingepaukt worden. Die Eltern hatten aus David einen Gelehrten machen wollen, einen Rabbi vielleicht. Jedenfalls sollte er mehr werden als ein Bauer, der mühsam das tägliche Brot verdiente. Das sollte der ältere Bruder sein; der war zu dumm, um die Sprachen der Mächtigen zu lernen . . .

Nach einiger Zeit wurde David für Procula eine Art Spion. Er lief durch Straßen und Gassen, hörte und sah und berichtete der Herrin, was sie wissen wollte.

Unter anderem hatte er ihr von dem Nazarener Joschua erzählt, den er „Rabbi" nannte. Sooft er von ihm sprach, leuchteten seine Augen.

Ein Wundertäter sei dieser Rabbi, hatte er berichtet, viel mehr als ein gewöhnlicher Zauberkünstler, der die Zuschauer zum Narren hält. Er habe Wasser in Wein verwandelt, mit fünf Gerstenbroten und zwei Fischen fünftausend Leute satt gemacht, Kranke geheilt und einen Toten ins Leben zurückgerufen.

Und so eindringlich hatte David erzählt, daß Procula von Joschua träumte. In der vergangenen Nacht war es ein *böser* Traum gewesen.

Jetzt stand der Wunderrabbi neben dem Richterstuhl des Prokurators; vor verhetzten, haßerfüllten Judäern, die seinen Tod verlangten.

„Laß ihn kreuzigen, Pilatus!" schrien die Wortführer.

„Kreuzige ihn!!!" heulte die Menge.

Nur mit Mühe verschaffte sich Pilatus Gehör. „Er ist unschuldig!" rief er in gebrochenem Aramäisch.

Einen Augenblick lang war Stille, dann rissen einige Männer die Arme hoch, schüttelten die Fäuste und schrien: „Ans Kreuz mit ihm!!“

Die Masse tobte von neuem. Aufgeputschte Jugendliche rannten gegen die Legionäre an, die den Weg zur Terrasse versperrten. Die Soldaten schlugen zu. Als einige Hitzköpfe zu Boden gegangen waren, gaben die anderen auf.

Der Ruf „Kreuzige ihn!“ wurde lauter und drohender.

Pilatus überblickte die Menge, und ihn fröstelte trotz der Hitze. Wehe, wenn sich die Rasenden auf einmal gegen die Legionäre warfen! Es würde Opfer auf beiden Seiten geben. Mehr als dieser Gedanke erschütterte den Prokurator der Eifer, mit dem Menschen des gleichen Volkes gegen einen der Ihren wüteten. Gegen Jesus von Nazareth, an dem der römische Richter keine Schuld fand.

„Kreuzige ihn!!!“ dröhnte, schrie, krächzte und geiferte es zur Terrasse herauf.

„Am liebsten würde ich euch wie tollwütige Hunde behandeln“, knurrte Pilatus grimmig. „Leider haben eure Auftraggeber einflußreiche Männer am Hof des Kaisers.“ Er dachte daran, daß diese Leute ihm schaden könnten. Was wäre, wenn Tiberius ihn als Statthalter von Judäa absetzte und irgendwohin in die Verbannung schickte? Oder wenn es gar um seinen Kopf ging?

Pilatus wandte sich an den Gefesselten. „Nun, König der Juden?“ fragte er mehr hilflos als spöttisch.

Der Mann aus Nazareth schwieg.

Da kam David gelaufen, Proculas Sklave.

Die römischen Offiziere kannten ihn und hielten ihn nicht zurück.

„Gruß von der Herrin, Herr“, flüsterte er dem Statthalter zu. „Die Herrin bittet dich, den Rabbi nicht zu verurteilen. Sie hat seinetwegen schwer geträumt, läßt sie dir sagen. Und sie läßt dir sagen, daß er mehr als ein König ist. Auch das hat sie geträumt, und . . .“

Weiter kam er nicht. Der Hauptmann der judäischen Tempelwache, der ebenfalls ungehinderten Zutritt zum Prokurator besaß, schob den Sklaven beiseite.

Er wies auf den Gefesselten und flüsterte: „Wenn du diesen Gotteslästerer und Feind des Römischen Reiches nicht verurteilst, wirst du nicht mehr lange der Freund deines Kaisers sein. Das melde ich dir auf Befehl des Hohenpriesters und im Auftrag des Hohen Rates. Entscheide klug, Proku-

rator. Was ist schon an einem Rebellen, der Unruhe stiftet. Sobald er verstummt, ist es gut für den Frieden im Lande – und gut, Prokurator, für dich. Dein Freund, der Hohepriester, entbietet dir Gruß und Verehrung."

Der Hauptmann der Tempelwache legte die Hand an die Stirn, verbeugte sich und ging.

„Kreuzige ihn!!!" lärmte die Menge.

Pilatus biß die Zähne zusammen.

„Wenn du ihn nicht verurteilst, bist du kein Freund des Kaisers mehr!" schrie ein Eiferer aus der ersten Reihe herauf.

„Kreuzige ihn! – Kreuzige ihn!! . . ." Die Rufe wurden rhythmisch, Händeklatschen begleitete sie.

Der, dem sie galten, stand unbewegt, seine Augen blickten in eine andere Welt.

„Kreuzige ihn! – Kreuzige ihn!! – Kreuzige ihn!!!"

„Bring eine Schüssel mit Wasser", befahl der Statthalter dem Sklaven.

David lief.

Die Menge schien zu fühlen, daß sich Entscheidendes vorbereitete. Der Lärm ließ nach. Um so deutlicher traten haßerfüllte Einzelstimmen hervor.

Als David mit einer vergoldeten Schüssel zurückkam, verstummten auch die ärgsten Schreier.

In die beklemmende Stille hinein sagte Pilatus: „Ich bin unschuldig am Blute dieses Gerechten."

Er wies auf Joschua und wusch die Hände. Dabei glitt ihm der Ring des Kaisers vom Finger und blieb im Wasser liegen. Pilatus merkte es nicht, denn schon wieder brach der Lärm los.

„Sein Blut komme über uns!" kreischte eine Stimme, und die Menge fiel ein: „Komme über uns . . . über uns . . . über uns!!!" Und dann wieder: „Kreuzige ihn!!!"

Pilatus nickte den Offizieren zu, die hinter ihm standen. Einer rief einen Befehl.

Vier Legionäre klirrten aus der Burg heraus. Sie nahmen den Gefangenen in ihre Mitte und stießen ihn von der Terrasse.

Die Menge begriff. Ihr Geheul schlug in Jubel um.

Pilatus erhob sich mühsam. Dann ging er mit schleppenden Schritten in die Burg zurück; so, als trage *er* das Kreuz, das der Nazarener unter dem Spott der Menge nach Golgatha schleppte.

Dies geschah (nach jüdischer Zeitrechnung) am 14. Nisan des Jahres 3793 – im Jahre 786 nach römischer Zeit; es war Frühling, und die Sonne stach vom Himmel herunter.

Es geschah am Karfreitag des Jahres 33, sagen wir heute.

Dieser Freitag veränderte die Welt.

Der Ring

Der Sklave David stolperte durch die Gänge der Burg Antonia, als sei die Schüssel in seinen Händen eine Last, die ihn zu Boden zog. Er taumelte mit halb geschlossenen Augen, und immer wieder murmelte er: „Nein, Rabbi, das dürfen sie nicht. Du bist doch kein Verbrecher, Rabbi.“

Die Mauern der Burg hielten die Schwüle nicht ab. Sie kroch in jeden Winkel. Die Legionäre, die hier auf Wache standen, lüpften immer wieder die Helme und wischten den

Schweiß von der Stirn. Ihre Rüstungen drückten heute mehr denn je.

„Du bist doch unschuldig, Rabbi", murmelte David. Er blieb stehen und erinnerte sich an die Begegnung mit einem der Jünger, die Joschua gefolgt waren. Irgendwo in Galiläa war es gewesen; kurz bevor der Bruder ihn, den Jüngeren, verkauft hatte. Simon hatte der Jünger geheißen und behauptet, daß Rabbi Joschua, den er „Meister" nannte, Gottes Sohn sei.

David atmete schwer.

Eine Hand packte ihn an der Schulter.

Erschrocken sah er auf. „Du – Centurio?" stotterte er. „Was – was ist?"

Der Offizier zog ihn in eine Nische und flüsterte: „Woher hast du den Ring?"

„Welchen Ring?" fragte David.

Der Centurio legte den Finger an die Lippen. „Pssst, nicht so laut", flüsterte er hastig. Dann wies er in die Schüssel.

David guckte verblüfft. Im Sonnenlicht, das durch eine Maueröffnung fiel, schimmerte es hell aus dem Wasser, in das Pilatus die Hände getaucht hatte.

Da lag ein goldener Ring. David sah ihn erst jetzt.

„Woher hast du ihn?" fragte der Centurio noch einmal.

Der Ring leuchtete, als glühte Feuer in ihm.

„Er muß – dem Prokurator – vom Finger gerutscht sein", stammelte David. „Ich denke – als er – die Hände gewaschen hat. Ich hab' es bestimmt nicht gemerkt, und – ich bring' ihn dem Prokurator sofort zurück."

Der Centurio hielt ihn fest. „Nein", flüsterte er, nahm den Ring aus der Schüssel und goß dabei das Wasser auf den Fußboden.

„Was tust du, Herr!" rief David erschrocken.

Wieder befahl ihm der Centurio, leiser zu sein. „Nicht so

laut, Junge! Oder möchtest du, daß sie den Nazarener kreuzigen?“

„Mö-möchtest du es – denn nicht, Herr?“ stotterte David.

„Ich möchte es nicht“, antwortete der Offizier. „Irgend jemand sagte mir, daß du zu seinen Anhängern gehörst und der Dame Procula von ihm vorgeschwärmt hast. Stimmt das, Junge?“

„Ja, Herr“, gab David zu. „Ich hörte nur Gutes über Joschua. Er macht keinen Unterschied zwischen Reichen und Armen, Herren und Sklaven. Und er wird das Königreich der Gerechten . . .“

David biß sich auf die Lippen und sagte ängstlich: „Verzeih, Herr, das – das sagen manche Leute in Galiläa und in Jerusalem. Aber – ich bin bestimmt kein Feind der Römer; das darfst du glauben, Herr.“

Das ausgeschüttete Wasser verdunstete auf den Fliesen.

Der Centurio drehte den Ring in den Fingern. „Kennst du seine Bedeutung, Junge?“ erkundigte er sich.

„Es ist der Ring des Prokurators“, antwortete David unsicher. „Er kann niemand anderem gehören. Wie hätte er sonst in die Schüssel fallen sollen? Er ist aus Gold – denke ich – und bestimmt kostbar.“

„So ist es“, bestätigte der Centurio, beugte sich zu David nieder und sagte noch leiser als vorher: „Mit diesem Ring rettest du dem Nazarener das Leben.“

David erschrak so sehr, daß ihm die Schüssel beinahe aus den Händen gefallen wäre.

„Bitte – Herr“, stammelte er hilflos, „bitte – mach keinen solchen Scherz mit mir.“

Er streckte die Hand aus. „Gib mir den Ring wieder, bevor der Prokurator ihn vermißt. Wenn ich ihn nicht gleich zurückbringe, hält mich Pilatus für einen Dieb.“ David deutete ein Kreuzzeichen an. „Du weißt, Herr, was mit diebischen Sklaven geschieht."

Der Centurio ging nicht darauf ein. „Bevor ich nach Jerusalem versetzt wurde, war ich Kommandant in Kapernaum", erzählte er. „Das ist eine Stadt in Galiläa, sie liegt am Nordufer des Sees Genezareth."

„Das weiß ich", sagte David. „Ich bin Galiläer."

Der Centurio fuhr fort: „Dort erkrankte ein Mensch, den ich schätzte, so schwer, daß die Ärzte ihn aufgaben."

„Ein Freund?" fragte David.

„Ein Freund", bestätigte der Centurio. „Er war mein Sklave gewesen. Ich hatte ihm die Freiheit geschenkt, trotzdem blieb er als Diener bei mir."

David sah ihn groß an. „Bist du – vielleicht der Centurio, Herr, dessen Knecht von Rabbi Joschua geheilt wurde?" fragte er aufgeregt. „Ich hörte es von einem Mann aus Galiläa."

Der Offizier nickte. „Ja, ich bin der Centurio aus Kapernaum, dem der Wundertäter ein Leben schenkte." Er drehte erneut den Ring des Pilatus in den Fingern. „Jetzt möchte ich ihm ein Leben zurückgeben – sein eigenes."

„Mit dem Ring?" fragte David.

„Mit dem Ring", sagte der Centurio.

„Befiehl, was ich tun soll, Herr", drängte David. „Und mach schnell. Sie sind schon nach Golgatha unterwegs. Wenn der Rabbi – ich meine – vielleicht – also, wenn er vielleicht – nur ein Wundertäter und – und *nicht* Gottes Sohn wäre – weil er sich doch nach Golgatha treiben läßt – dann – dann darf ich keine Zeit verlieren."

„Wer Kreuzbalken schleppt, stolpert langsam dahin", sagte der Centurio.

„Befiehl es mir trotzdem schnell", bettelte David. „Bitte!"

Der Centurio sah auf den Ring.

„Das Bild des Kaisers ist eingraviert“, sagte er. „Solche Ringe schenkt Tiberius nur seinen allerbesten Freunden. Die Ausgezeichneten sprechen in seinem Namen; und wehe dem, der sich ihren Befehlen widersetzt.“

„Der edle Pilatus regiert auch ohne den Ring im Namen des Kaisers“, wandte David ein.

„Selbstverständlich“, gab der Centurio zu. „Die Macht des Ringes ist nicht für Alltägliches, sondern für Außergewöhnliches bestimmt.“

„Warum hat der Prokurator den Rabbi verurteilt?“ fragte David hilflos. „Er hat doch selbst gesagt, daß es ein ungerechtes Urteil ist, und er hat die Schuld von seinen Händen gewaschen.“

„Auch ein römischer Prokurator kann feige sein“, brummte der Centurio. „Wer weiß, wie hoch Pilatus noch steigen möchte. Vielleicht träumt er davon, eines Tages der zweitmächtigste Mann des Römischen Reiches zu werden und nur noch Tiberius über sich zu haben. Nun gibt es einflußreiche Judäer am kaiserlichen Hof; die will sich Pilatus nicht zu Feinden machen. Also verurteilt er hier den Nazarener, damit dessen Todfeinde bei dem allmächtigen Tiberius ein gutes Wort für den braven Pilatus einlegen.“

„Das ist nicht wahr!“ begehrte David auf.

„Nicht so laut“, warnte der Centurio wieder. „Was glaubst du, Junge, wie viele ungerechte Urteile schon im Namen der Gerechtigkeit gefällt wurden – nur weil ehrgeizige Richter den Mächtigen in den Hintern gekrochen sind; und weil die meisten Mächtigen über jene die schützenden Hände halten, die ihnen Gold und Silber schenken. Für Gold und Silber ist Kaiser Tiberius sehr empfänglich. Es wäre nicht das erstemal, daß ein römischer Kaiser für sehr viel Geld gute Freunde fallenläßt.“

Darauf wußte David keine Antwort. Er schwieg.

Der Centurio gab ihm den Ring zurück, sah sich um und flüsterte: „Lauf nach Golgatha. Zeig dem Offizier, der das Kreuzigungskommando befehligt, den Ring und befiehl ihm im Namen des Prokurators, den Nazarener sofort freizulassen. Darüber hinaus habe Pilatus befohlen, daß der Offizier und die Hälfte seines Kommandos dich und Jesus von Nazareth zwei Meilen weit in das nördliche Hügelland begleiten und jeden zurückweisen sollen, der euch folgen möchte. Die zweite Hälfte des Kommandos solle auf Golgatha bleiben und dort für Ordnung sorgen."

Der Centurio aus Kapernaum legte David die Hand auf die Schulter. „Der kommandierende Offizier wird dir glauben", versicherte er. „Er kennt dich als vertrauten Sklaven der Herrin Procula und weiß, daß auch der Statthalter dir vertraut. Und du, David – glaub an die Macht des Ringes."

David überlegte, dann meinte er: „Und wenn mich der Offizier fragt, warum der Prokurator sein Urteil so plötzlich widerruft?"

„In Judäa ist Pontius Pilatus niemandem Rechenschaft schuldig", antwortete der Centurio.

David steckte den Ring in das Lederbeutelchen, das er an einer Schnur um den Hals trug. Noch war er unschlüssig.

„Doch – wenn der Offizier auf den Gedanken käme, daß ich den Ring gestohlen haben könnte?" fragte er unsicher.

„Ungefährlich ist der Weg nach Golgatha auch für dich nicht", gestand der Centurio. „Sollte ich mich täuschen und der Ring den Offizier des Kreuzigungskommandos nicht überzeugen – dann, Junge, lauf um dein Leben."

Da wurde das Mißtrauen stärker. „Verzeih, Herr", wandte David ein, „warum eilst du nicht selbst nach Golgatha? Du könntest reiten, das ist schneller als zu Fuß. Du bist Centurio wie der andere. Dir würde er ganz bestimmt glauben. Den Ring geb' ich dir gern. Und warum sollte der Prokurator einen Sklaven statt eines Offiziers mit einem so wichtigen Befehl losschicken?"

Der Centurio winkte ab. „Wen Pilatus losschickt, ist allein seine Sache. Auch darüber braucht er keine Rechenschaft zu geben. Was mich betrifft, bin ich Kommandant der Burgwache und darf meinen Posten vor der Ablösung nicht verlassen. Bis dahin dauert es noch lange; viel zu lang für den Nazarener." Der Centurio zuckte die Achseln. „Ich kenne niemanden, dem ich so vertrauen dürfte wie dir", sagte er nachdenklich. „Ich befehle dir nichts, was du nicht tun möchtest. Entscheiden mußt du selbst."

Da zögerte David nicht länger.

„Ich laufe, Herr", sagte er entschlossen und reichte dem Centurio die Schüssel.

Der Offizier versprach, sie zurückbringen zu lassen.

Was er weiter sagte, hörte David nicht mehr. Er rannte durch die Burg, und die Wachen ließen ihn passieren. Proculas Sklave durfte nicht aufgehalten werden.

David lief in die Hitze hinaus.

Die Legionäre vor der Burg standen jetzt zwecklos herum. Da war niemand mehr, den sie abwehren mußten. Die aufgehetzte Volksmenge, die den Tod des Nazareners gefordert hatte, lärmte irgendwo im Westen.

Dort erhob sich der Hügel, den die Judäer „Golgatha" nannten, „die Schädelstätte". Die Anhöhe galt als verflucht, weil Räuber, Mörder und andere Schwerverbrecher dort hingerichtet wurden.

Jetzt verhöhnte die Meute den Rabbi, der dort sterben sollte, obwohl er keinem Menschen Böses getan hatte.

David ballte die Fäuste – und atmete auf. Er stellte fest, daß Joschua und seine Peiniger noch so weit von Golgatha entfernt waren, daß er sie unterwegs einholen konnte.

Dann, dachte er, dann zeig' ich ihnen den Ring, und sie können in die Luft gucken.

Unbehindert rannte er durch fast menschenleere Gassen. Halb Jerusalem folgte dem Trupp, der den Rabbi nach Golgatha trieb. Je weiter David lief, desto deutlicher hörte er den Spott der Schaulustigen.

Dann erreichte er das Ende des Zuges, der sich auf die Stadtmauer zubewegte. Den Rabbi entdeckte er nicht in der Menge.

„Was für ein jämmerlicher König!" höhnte eine Stimme; und eine andere kreischte: „Wenn er Gottes Sohn ist, soll er es beweisen und uns zu Boden schmettern!" Dröhnendes Gelächter belohnte den Spott.

Da war ein junger Mann vor David, der Kleidung nach ein Tempeldiener. Vermutlich war er zu spät gekommen. Jetzt versuchte er, sich vorzudrängen. „Laßt mich zu ihm!" schrie er immer wieder. „Laßt mich durch!"

Er will dem Rabbi helfen, dachte David. Er ist sein Freund, genauso wie ich. David lief zu dem jungen Mann und stemmte sich mit ihm zusammen gegen die Menschenmauer vor ihnen.

„Danke, Bruder", keuchte der andere. „Zu zweit schaffen wir's. Und dann . . ." Er zeigte David die Faust, in der er einen Pflasterstein hielt, „. . . dann schmeiß' ich den da dem Nazarener an den Hals." Er lachte. „Nicht an den Kopf, Bruder, sonst wär' er am Ende tot, bevor sie ihn . . ."

Mehr konnte er nicht sagen. „Du Schwein!" rief David, stieß ihn zu Boden und schlug auf ihn ein.

Die Umstehenden guckten verwundert, und einer krächzte: „Der da, der auf den da einschlägt, ist der Sklave, der dem Pilatus die Schüssel brachte!" Und ein anderer schrie: „Er ist ein Freund des Nazareners!"

Mehr hörte David nicht. Den ersten Hieb spürte er, den

zweiten kaum noch, den dritten nicht mehr. Irgend jemand zerrte ihn von der Gasse weg.

Verspätete Neugierige, die der Menge nachliefen, erfuhren nur noch von dem Zwischenfall, den Sklaven sahen sie nicht mehr.

Das Blut auf dem Pflaster beachtete niemand.

Der Aussätzige

Als David erwachte, war es finster um ihn.

Und es bebte die Erde.

Überall war Geschrei. Es hörte sich nicht mehr höhnisch an, die Leute schrien vor Angst. Pferdehufe und Räder dröhnten auf Pflastersteinen. Immer wieder krachte und polterte es dazwischen, als stürzten Felsen und Mauern zusammen. Kaum einen Atemzug lang flackerten Lichtpünktchen auf. Windstöße löschten sie sofort wieder aus.

Weltuntergang lag in der Luft.

David fuhr auf, spürte stechenden Schmerz und sank stöhnend zurück. Mühsam tastete er nach seinem Kopf und fühlte da einen feuchten Verband.

Blut?

Er versuchte sich zu erinnern und erschrak. „Der Ring!" stöhnte er. Als er ihn in dem Beutelchen auf der Brust fühlte, atmete er auf.

„Höchste Zeit, daß du wieder da bist, du Narr", sagte eine Stimme neben ihm.

„Wieso – Narr?“ murmelte David unwillig.

„Wie konntest du bloß ‚Schwein‘ zu einem Tempeldiener sagen“, antwortete es aus dem Dunkel heraus, „wo der Mann doch geistliche Gewänder trug!“

„Wo – wo bin ich?“ stotterte David. Einen Herzschlag lang glaubte er den Schatten eines Menschen zu sehen. Dann kam die Schwäche wieder, und die Gestalt glitt ins Dunkel zurück.

„Wo bin ich?“ wiederholte David. „Und – wer bist *du*?“

Die Stimme lachte. „Du liegst beim Abfall“, antwortete sie. „Da bist du sicher, weil die Aufgescheuchten nur durch die Stadt rennen und zwischen den Zelten vor den Mauern herum. Wo *wir* sind, da stinkt's. In den Abfall flüchtet keiner von denen.“

„Abfall?“ murmelte David. Stechender Geruch, der ihm erst jetzt bewußt wurde, erschwerte das Atmen.

„Abfall“, bestätigte die Stimme. „Ich gehöre dazu. Ich bin auch Abfall, oder besser – ich war es.“

Ein mächtiger Erdstoß und donnerndes Krachen ließen die Stimme verstummen.

David wurde von knochigen Fäusten fortgezerrt. „Reiß dich zusammen!“ schrie ihm die Stimme ins Ohr. „Die Mauer stürzt ein!“

Eine Sturmbö fegte über den Boden. David brach in die Knie. Ein Stein hatte ihn getroffen.

Die Knochenhände ließen nicht los, und David wehrte sich gegen die neue Ohnmacht. „Ich bin kein Schwächling!“ keuchte er wütend.

Die Hände hielten ihn fest.

Dann war das Schlimmste vorbei. Der Sturm legte sich, die Erde kam zur Ruhe. Langsam lichtete sich das Dunkel.

„Ist es denn – nicht Nacht?“ stöhnte David, und jedes Wort tat ihm weh.

„Es ist Nachmittag“, sagte die Stimme hinter ihm. „So um die dritte Stunde muß es sein.“

David nahm alle Kraft zusammen, schüttelte die Knochenhände ab und wandte sich um. Im Halbdunkel erkannte er einen Mann in Lumpen. Dann flimmerte es ihm vor den Augen, und die Schwäche kam wieder.

„Du hattest Glück“, sagte der Mann. „Es war ein Stein von der Mauer. Er hätte dir den Schädel einschlagen können. Die Schwäche geht vorüber. Ich denke, daß du nicht wehleidig bist.“

Der Mann setzte David zu Boden und lehnte ihn an einen Baumstamm. „Aufrappeln mußt du dich dann selbst“, sagte er. „Ich habe keine Kraft mehr für zwei.“

Eine Zeitlang saß David mit geschlossenen Augen, dann schmerzte der Kopf unerträglich. David keuchte, blinzelte ins Dämmerlicht und blickte um sich.

Es dauerte eine Weile, bis er begriff.

Da war ein riesiger übelriechender Müllhaufen, an dessen Rand verkrüppelte Ölbäume dahinvegetierten. Am Stamm eines solchen Baumes lehnte David.

Unrat aus Jerusalems Gassen lag hier aufgehäuft. Dahinter ragte die Stadtmauer auf. Das Erdbeben hatte Lücken hineingeschlagen. Der Durchschlupf neben dem Müllhaufen stammte von Menschenhänden. Er war kleiner als ein Tor, doch groß genug für Handkarren, in denen Abfälle weggeschafft wurden. Sie hier abzuladen war verboten, weil Jerusalems Mauern ebenso heilig waren wie die Stadt und Unrat an ihnen Entweihung bedeutete. Doch das kümmerte die Leute nicht, die Abfälle aus Schankstuben, Handwerkerläden und Haushalten hier abluden. Wozu lange Wege gehen, wenn es bequemer ging?

Die Behörde wußte davon und unternahm nichts dagegen. Ein Aufstand der „Mistschmuggler“ hätte die gesamte

Oberstadt lahmgelegt. Da schien es dem Hohen Rat besser, den Unrat an der Mauer zu dulden.

David wandte sich dem Menschen zu, der ihn gerettet hatte, und erschrak. Das Dämmerlicht beschien ein Gesicht mit tiefliegenden Augen. Wie brüchiges Pergament lag die Haut auf den Backenknochen, eine Haut voller Narben und Flecken. Kopf- und Barthaare waren ausgefallen.

Entsetzt starrte David auf die Hände des Mannes, sah dort dieselben Narben und Flecken wie in dem gezeichneten Gesicht, und er sah die Knoten an den Fingergelenken. Da war es ihm, als begegnete er dem leibhaftigen Tod.

Abwehrend hob er die Hände. „Du bist ein Aussätziger!" stieß er hervor. „Hast du mich vor den Feinden des Rabbi gerettet, um mich mit deiner Seuche anzustecken?!" Er ballte die Fäuste. „Verschwinde, du – Todbringer!"

Da war kein Gedanke mehr an Joschua, den der Ring hätte retten sollen. Da waren nur noch die Furcht vor dem Sterben und der Wille zum Weiterleben.

„Verschwinde!" zischte David noch einmal.

„Du brauchst keine Angst zu haben", sagte der Gezeichnete ruhig. „Ich *war* vom Aussatz befallen. Der Messias befreite mich davon; es war an dem Tag, da er in Jerusalem einzog. Bevor er das Stadttor erreichte, drängte ich mich in seine Nähe. Aus Furcht, angesteckt zu werden, wichen die anderen vor mir zurück. Und er hob die Hand und sagte: ‚Du bist rein. Geh und zeig dich dem Priester.' Da wußte ich, daß ich geheilt war; und niemand erschrak mehr, als ich wegging."

Der Gezeichnete schwieg.

„Und dann?" fragte David. Die Angst verflog, Unruhe war in der Stimme des Jungen.

„Dann hatte der Böse seine Hand im Spiel", antwortete der Mann. „Ich fand keinen Priester, dem ich mich zeigen konnte. Den Weg zum Tempel versperrten mir Pilger.“ Er zuckte die Achseln. „Du weißt, daß ein Aussätziger erst dann als geheilt gilt, wenn ein Priester ihn für rein erklärt.“

David nickte. „Ich weiß es. – Und?“

„Ich kam zu spät“, erzählte der Knochenmensch weiter. „Ich kam, als mein Retter die Händler und Wechsler aus dem Tempel jagte. Da winkte ich ihm zu, weil er die heilige Stätte von Krämern säuberte. – Doch als ich dann einen Priester traf, sagte der: ‚Ich habe gesehen, wie du dem gewalttätigen Nazarener zugejubelt hast. Und ich weiß, daß du ein Schwindler bist. Du willst diesen Joschua zu einem Wundertäter machen, nicht wahr? Diesen Aufwiegler, der ehrliche Bürger verjagt, die ihren ehrlichen Geschäften nachgehen! Du bist ein Lügner, Mann; denn aussätzig warst du nie! Verschwinde sofort und so weit weg, wie du kannst!‘ – Ja, das rief er. Die Leute um ihn herum beschimpften mich und ballten die Fäuste. Da lief ich weg, um nicht verprügelt zu werden.“

Windstöße verwehten die letzten Wolken, unbehindert schien die Sonne vom Himmel.

„Bei Gott“, murmelte David, stand mühsam auf und starrte in das Gesicht, vor dem er sich eben noch gefürchtet hatte. Jetzt lag es im Sonnenlicht. David war es, als verblaßten die Flecken und Narben zu kaum mehr sichtbaren Spuren und als lägen die Augen nicht mehr so tief in den Höhlen wie vorhin, als es halb dunkel gewesen war. Und als David auf die Hände des Mannes blickte, entdeckte er kaum noch die Knoten der Seuche.

Er streckte dem Mann die Hände entgegen. „Verzeih mir“, bat er. „Jetzt sehe ich, daß du geheilt bist. Der Rabbi sei gelobt.“

„Welcher Rabbi?“ fragte der Mann.

„Joschua aus Nazareth“, sagte David. „Ich nenne ihn so.“

Die Schwäche kam wieder. David lehnte sich an den Stamm des Ölbaums, atmete schwer und wehrte sich nicht, als der Zerlumpte ihn stützte. Er versuchte sogar zu lächeln. Der Mann lächelte zurück.

Plötzlich zuckte David zusammen. „Haben sie ihn – gekreuzigt?!“ stieß er hervor.

„Ja“, sagte der Mann. „Vorhin, als du noch nicht aufgewacht warst, rannten Leute vorüber. In der Finsternis sah ich sie nicht, ich hörte sie nur schreien. Um die dritte Stunde sei Joschua am Kreuz gestorben, schrien sie, und bei seinem Tod seien der Sturm, das Erdbeben und die Finsternis über Jerusalem gekommen. Und der römische Offizier unter dem Kreuz habe ausgerufen, daß Joschua Gottes Sohn sei, dies beweise jetzt der Himmel.“

„Warum durfte ich ihm nicht helfen?“ stöhnte David.

Der Mann schüttelte den Kopf. „Wie hättest du ihm helfen sollen, wo nicht einmal seine Jünger ihm beistanden? Wer von uns kommt schon gegen den Hohen Rat oder gar gegen die Römer an! Vielleicht wollte Joschua sterben, auch wenn wir nicht begreifen, warum. Ich war ihm nachgelaufen – nicht, um ihn zu retten. Daß ich das nicht konnte, sagte mir mein Verstand. Ich wollte ihm auf seinem Weg nach Golgatha noch einmal zuwinken, doch auch das war mir nicht vergönnt. Dafür durfte ich *dich* retten. Nun frage ich mich, ob das nicht das zweite Wunder ist, das der Messias an mir getan hat.“

„Mein Rabbi ist tot“, flüsterte David, „und Pilatus ist schuld daran. Er ist ein Mörder, davon macht ihn das Händewaschen nicht frei. Und Procula ist seine Gattin. Sie war mir eine gute Herrin, aber ich geh’ nicht zurück, weil sie bei Pilatus ist.“

David riß den Ring aus dem Lederbeutel und ließ ihn in der Sonne blitzen. „Den da“, rief er, „den brauch’ ich jetzt auch nicht mehr! Er hat meinen Rabbi nicht retten können. Weg damit!“

Der Zerlumpte riß ihm den Ring aus der Hand; und es zeigte sich, daß er ein gebildeter Mensch war, der nicht nur seine aramäische Muttersprache verstand. Er drehte den Ring in den Fingern, erkannte den eingravierten Kopf des römischen Kaisers und entzifferte die lateinische Inschrift: „Dem Freund des Imperators Tiberius“. Aufgeregt fragte er David: „Wie kommst du zu diesem Ring?“

David erzählte es, dann zweifelte er am Verstand des Zerlumpten. Der sank in die Knie, verneigte sich gegen Golgatha und sagte, als ob er betete: „Das, Herr, ist dein *drittes* Wunder an mir. Du gabst dem Knaben, dem ich helfen durfte, den Ring des Pilatus. Nun soll er jene retten, die deinetwegen verfolgt werden.“ Er gab David den Ring zurück. „Gehen wir“, sagte er. Es war ein Befehl.

Verwirrt steckte David den Ring wieder ein, ergriff die Hand des Zerlumpten und ließ sich führen.

Verstört erlebte er das Durcheinander, das überall lärmte. Im verwüsteten Zeltlager vor den Stadtmauern rannten Männer, Frauen und Kinder umher, schrien, jammerten, schlugen um sich und verwünschten das Unheil, in das sie geraten waren. Aus den Toren der Stadt rannten Verschreckte und halb Verrückte heraus, andere drängten auf die Tore zu.

David schnappte Wort- und Satzbrocken auf, wurde hellwach und reimte sich zusammen, was die Leute durcheinanderschrien.

Um Joschua von Nazareth ging es und um seinen Tod.

Als er am Kreuz gestorben war, sei im Tempel der Vorhang vor dem Allerheiligsten mitten entzweigerissen, riefen die einen. Andere entsetzten sich über verstorbene Angehörige, die ihnen in Jerusalem begegnet und wieder verschwunden seien. „Spinnereien!“ kreischten wieder andere und zitterten trotzdem.

„Einbildungen, die der Satan schickt, um Passah zu stören“, behaupteten Männer, die zum Tempel gehörten, doch auch ihnen war die Angst anzumerken.

„Wer sagt die Wahrheit?“ fragte David hilflos.

„Komm“, drängte der Mann, der ihn führte.

David sah ihn an. „Wohin bringst du mich?“

„Zu einem Freund des Messias“, antwortete der Zerlumpte.

„Ich weiß nicht einmal, wie du heißt“, sagte David.

Der Mann stellte sich vor: „Ich heiße Abram und verstehe einiges von der Heilkunst. Aussätzige erbarmten mich besonders. Ich betreute sie, steckte mich an und durfte nicht mehr nach Jerusalem zurück. Sobald ich in die Nähe der Tore kam, warfen sie Steine nach mir.“

„Aber . . .“, wandte David ein.

Abram unterbrach ihn. „Helfer sind nur erwünscht, solange sie selbst keine Hilfe brauchen.“ Er sagte es ruhig und versuchte zu lächeln.

David schluckte.

„Also dann“, fuhr Abram fort, „dann bring' ich dich zu meinem Freund. Er heißt Jochanaan und wohnt in der Töpfergasse. Die vertrautesten Jünger des Messias besuchen ihn, sooft sie nach Jerusalem kommen. Vielleicht treffen wir Simon bei ihm, den Joschua zu seinem Nachfolger bestimmte.“

„Simon“, sagte David nachdenklich. „Simon ist ein guter Name.“

„Die Römer nennen ihn ‚Petrus‘ “, sagte Abram.

Jochanaan

Abram und David liefen an der Stadtmauer entlang. Niemand hielt sie auf. Erdbeben und Sturm hatten so viele Schäden angerichtet, daß kaum jemand auf Fremde achtete. Eltern suchten ihre Kinder, Kinder ihre Eltern. Freunde riefen nach Freunden, Verletzte um Hilfe. Andere versuchten, aus dem Schutt zu bergen, was noch zu retten war.

Im gewohnten Gleichschritt dröhnten römische Marschtritte auf dem Pflaster. Trupps von Legionären hatten den Befehl, die Ordnung in der Stadt zu überwachen. Römische Disziplin verbot ihnen, sich zu fürchten. Trotzdem war einigen Kriegern nicht wohl zumute.

Nicht im Gleichschritt huschten andere bewaffnete Trupps durch Straßen und Gassen. Den römischen Streifen wichen sie aus. Wo sie stehenblieben, krachte und splitterte es. (Augenzeugen berichteten später, die Anführer seien verkleidete Männer der Tempelwache gewesen.) . . .

David bekam Seitenstechen. Er blieb stehen und krümmte sich.

„Lauf weiter!“ befahl Abram. „Wenn der erste Wirbel vorüber ist, werden sie dich suchen. Sie haben gesehen, wie du den Tempeldiener niederschlugst. Ein Sklave, der einen Tempelmann als Schwein beschimpft, zu Boden schlägt und auch noch als Anhänger des Nazareners erkannt wird, ist ein toter Mann in Jerusalem. Pilatus würde keinen Finger für dich rühren. Außerdem würden sie dir keine Zeit geben, dich an ihn oder Procula zu wenden. Man würde deinen Körper irgendwo finden und behaupten, daß Räuber dich getötet hätten. Und der Ring des Pilatus würde jenen helfen, die seine Kraft mißbrauchen.“

Abram strich sich über die Stirn. „Mich", fuhr er fort, „würden sie wieder einmal aus der Stadt jagen – diesmal, weil ich nicht *amtlich* geheilt bin. Das ist Politik, David. Sie ist unmenschlich für kleine Leute, die zwischen die Mühlsteine der Mächtigen geraten."

David wies nach Golgatha. Dort standen drei Kreuze.

„Sie haben zwei Räuber mit ihm gerichtet", sagte Abram. „Sieh nicht hin."

An aufgeregten Leuten vorbei schoben sie sich in die Stadt und kamen in die Gasse der Töpfer.

Gedränge, Aufregung und Geschrei waren auch hier. Scherben lagen vor jedem Haus. Kein Handwerker hatte alle seine Töpfe, Schüsseln, Kannen und Vasen schnell genug von der Gasse wegbringen können, wo sie zum Verkauf ausgestellt waren. Zu plötzlich hatten Sturm und Erdbeben zugeschlagen. Da Meister und Gesellen an schönen Tagen im Freien arbeiteten, lagen auch Töpferscheiben zerbrochen vor den Türen.

„Da wohnt Jochanaan", sagte Abram und deutete auf ein Haus, das besonders schwer getroffen war. Vor dem Eingang lagen der größte Scherbenhaufen und rundherum Steine. Die Tür war zertrümmert. Zuoberst auf dem Wust lag zerfetzt die breitkrempige Strohkappe, die der Töpfermeister Jochanaan während der Arbeit im Freien als Schutz vor der Sonne getragen hatte.

Seltsam!

Noch seltsamer war, daß sich vor Jochanaans Haus keine Leute zusammendrängten. Wenn jemand vorüberging, sah er sich ängstlich um, schlug einen Bogen um den Scherbenhaufen und lief schneller. Als Abram einen Mann anrief, winkte dieser ab, schüttelte den Kopf und verschwand.

„Das hier hat das Erdbeben allein bestimmt nicht angerichtet", sagte David, „und der Wind hätte die Strohkappe weggeweht. Das da muß geschehen sein, als das Unwetter vorüber war."

Abram dachte dasselbe. „Der Himmel sei ihnen gnädig", murmelte er, stieg über die Trümmer und ging ins Haus. David folgte ihm.

Hinter der eingedrückten Tür lag der Raum, der Jochanaan als Laden und Vorratslager diente und – bei schlechtem Wetter – als Werkstatt. Auch hier lag alles in Trümmern. Kunstvolle Vasen, an denen der Meister lange gearbeitet hatte, waren genauso zerbrochen wie billige Haushaltsware. Neue Flecken und frisch abgeschlagener Putz verrieten, daß Gefäße auch gegen die Wände geschmettert worden waren.

David deutete auf den Fußboden. „Da ist Blut", sagte er erschrocken.

Abram rief nach Jochanaan.

Niemand antwortete.

„Heee, Jochanaan!" rief Abram noch lauter. „Ich bin Abram, dein Freund! Der, den der Messias vom Aussatz geheilt hat! Wo bist du, Jochanaan?!"

Im Hause blieb es still.

David legte den Finger an die Lippen. Er hatte an der Tür gehorcht, die aus der Werkstatt ins Innere des Hauses führte. „Da sind Stimmen", flüsterte er. „Sie wispern nur, aber ich höre sie." Er schmunzelte. „Im Hause des Pilatus hab' ich lauschen gelernt."

Abram horchte mit und hörte die Stimmen auch. „Sie trauen mir nicht", meinte er. „Wahrscheinlich halten sie mich für einen Verräter, der sich verstellt."

Die Tür war nicht verriegelt, Abram drückte sie auf.

Sie betraten die Wohnstube, in der sich fünf Menschen zusammendrängten. Sie hielten einander umschlungen, als wollte jeder den anderen beschützen.

„Friede sei mit euch“, grüßte Abram. „Vor uns braucht ihr euch nicht zu fürchten.“ Er deutete auf David. „Das ist mein Freund, ein Junge aus Galiläa und Sklave der Gattin des Pilatus. Er heißt David und glaubt an Joschua.“

Ein hagerer Mann – er mochte vierzig Jahre alt sein – löste sich aus der Gruppe, ging auf Abram zu, umarmte ihn und sagte: „Sei willkommen, der du mich von Krankheit heilen, doch mein Weib vor dem Tode nicht retten konntest. Du bist ein guter Mensch, Abram, sonst hätte dich der Messias nicht vom Aussatz befreit. Verzeih, daß ich dir nicht antwortete. Es hätte ein – Fremder sein können, der sich deiner Stimme bediente.“

Er wandte sich an David. „Sei gegrüßt, Freund meines Freundes, und Friede auch mit dir.“

„Friede sei mit euch“, murmelten die anderen.

„Du bist nicht verletzt, Jochanaan“, sagte Abram. „Draußen sahen wir Blut.“

Der Töpfer ballte die Fäuste. „Es ist das Blut der Barbaren“, antwortete er mühsam beherrscht. „Ich wollte, es wäre mehr!“ Dann atmete er tief und stellte David die Familie vor: die vierzehnjährige Judith und die zwölfeinhalb Jahre alte Mirjam, den vierjährigen Samuel und den Gesellen Ephraim, einen schwächlichen Mann von fünfundzwanzig, der geblieben war. Zwei andere Gesellen hatten Jochanaan verlassen, als der Hohepriester den Nazarener Joschua als Gotteslästerer angeklagt und der Hohe Rat den Angeklagten und dessen Anhänger zu Feinden des Volkes Israel erklärt hatten.

Jochanaan und seine Familie bekannten sich zu Joschua. Da war es gefährlich, für sie zu arbeiten.

„Wo ist dein Sohn Ruben?“ fragte Abram. „Ich unterhielt mich gern mit ihm.“

„Ruben –“, sagte Jochanaan müde. „Sie haben ihn als

Geisel verschleppt. – Einen Zehnjährigen!“ Er schüttelte den Kopf.

„Was ist geschehen?“ fragte David.

Jochanaan faßte sich, deutete auf eine Wandbank und auf die Stühle, die um den Tisch standen. „Die Möbel haben sie mir nicht zusammengeschlagen, auch nicht den Brennofen im Hof“, erzählte er mühsam. „Und geplündert haben sie auch nicht. Setzen wir uns. Darf ich euch Wein einschenken?“

Abram winkte ab. „Später, Jochanaan. Erst sag uns, was geschehen ist.“

Sie setzten sich, und Jochanaan fragte: „Warum seid ihr gekommen?“

„Wir hofften, Simon bei dir zu finden“, antwortete Abram, „den Jünger, den die Römer Petrus nennen. Er war oft Gast in deinem Hause.“

„Ich werde euch alles erzählen“, sagte Jochanaan. Als er sah, wie Mirjam erschrak, beruhigte er sie: „Hab keine Angst. So bald kommen sie nicht wieder. In wenigen Stunden beginnt die Sabbatruhe, da bleibt kein gläubiger Jude ohne zwingende Notwendigkeit auf der Straße. Als Gläubige wollen auch die gelten, die uns überfallen und Ruben verschleppt haben. Den Sabbat über werden sie keine weitere Schandtat begehen. Außerdem haben sie uns Zeit bis übermorgen gegeben.“

Mirjam nickte ängstlich.

Der kleine Samuel rutschte von der Bank, weil ihm das Stillsitzen nicht paßte. Er hatte Tonkügelchen unter dem Tisch entdeckt, die Bruder Ruben aus Töpferabfall geformt hatte.

Samuel spielte mit ihnen, und niemand verbot es ihm.

Jochanaan erzählte: „Heute morgen, kurz nach Sonnenaufgang, kam Simon, den die Römer Petrus nennen, in mein Haus und bat mich, ihn zu verbergen. Der Messias, erzählte er, sei gefangengenommen worden, und ihn, den der Meister zum Nachfolger bestimmt hatte, suchten die Häscher jetzt ebenfalls. Simon fürchtete sich, das sah ich ihm an."

„Er ist also bei dir?" fragte Abram.

„Er *war* bei mir", sagte Jochanaan. „Ich versteckte ihn in einer Kammer und zeigte ihm einen Fluchtweg, falls ihm auch hier Gefahr drohte. Meine Kinder wußten nicht, daß er im Hause war. Sie sollten sich anderen gegenüber nicht verplappern. Nur den Gesellen gab ich Bescheid."

„Vielleicht kann ich *euch* mit dem Ring des Pilatus helfen, mit dem ich den Rabbi nicht retten konnte", meinte David.

„Das mußt du mir erklären", sagte Jochanaan.

David zeigte den Ring und erzählte, wie er dazu gekommen war.

„Er hilft nur so lange, wie Pilatus ihn nicht suchen läßt", warnte Abram.

„Ja", bestätigte David. „Wir müssen uns beeilen."

„Berichte schneller, Jochanaan", drängte Abram.

„Ja, Vater!" rief Mirjam. „Beeil dich!"

„Jaa!" krähte der kleine Samuel unter dem Tisch, weil er mit einer Tonkugel zwei andere auf einmal getroffen hatte, und das mit einem einzigen Anschubsen.

Jochanaan fuhr fort: „Dann flüchteten zwei andere Jünger zu mir: Andreas, der Bruder des Simon, und der Zöllner Matthäus. Sie waren dabei, als Joschua vor Pilatus stand, wurden erkannt und entkamen mit knapper Not der aufgehetzten Menge. Mehr tot als lebendig, retteten sie sich in mein Haus."

„Und dann?" drängte David, als der Töpfer eine Pause machte.

„Dann kamen weitere Verängstigte", erzählte Jochanaan,

„und wir hatten alle Hände voll zu tun. So hörte ich nur von den Geflüchteten, daß der Messias verurteilt und gekreuzigt worden war. Ich selbst durfte ihm in seinen letzten Stunden nicht nahe sein, ich mußte mich um die kümmern, denen ich helfen konnte."

Er zuckte die Achseln. „Es ist sein Wille, dachte ich und beugte mich ihm."

Jochanaan schwieg, und jetzt drängte ihn David nicht weiterzusprechen. Auch Abram, Judith, Mirjam und der Geselle Ephraim sagten nichts. Selbst der kleine Samuel saß still auf dem Fußboden und ließ die Kugeln nicht mehr zusammenklicken.

Gedämpft drang Lärm von der Gasse herein.

Endlich redete Jochanaan weiter: „Die letzten Verzweifelten kamen zu mir, als die römischen Legionäre das Schandurteil vollstreckt hatten. Dann vergingen fast drei Stunden, bis die Finsternis hereinbrach, die Erde bebte und der Sturm zu wüten begann."

Jochanaan wies auf Ephraim. „Er hat sich tapferer gezeigt als mancher, der doppelt so stark ist wie er."

„Aber nein, Meister", wehrte der Schwächliche ab. Obwohl er schon fünfundzwanzig Jahre alt war, bekam er rote Ohren.

„Doch, doch", versicherte ihm Jochanaan. „Joschuas Jünger wären hier nicht lange sicher gewesen. Du, Ephraim, brachtest sie aus der Stadt hinaus. Und statt dich mit ihnen zu retten, kamst du zurück, als sich die Sonne verdunkelte."

Der Schwächliche winkte ab. „Es war nicht schwierig, Meister. Ich führte sie durch leere Gassen; und als wir die Stadtmauer hinter uns hatten, bestimmte Simon, wohin es ging. Das war alles."

„Wohin wollte Simon?" fragte Abram.

Das wußte Ephraim nicht. Er hatte nur beobachtet, daß

die Gruppe ostwärts gewandert und dort in den Bergen verschwunden war.

„Und Ruben?“ fragte David.

Jochanaan ahnte nicht einmal, wohin die Entführer den Jungen verschleppt hatten. „Es waren sechs Männer“, berichtete er. „Sie kamen nach dem Unwetter.“ Er lachte zornig. „Bevor der Sturm richtig losbrach, hatten wir einiges von der Gasse ins Haus retten können – und verloren dann alles. Der Anführer des Trupps befahl mir, Joschuas Anhänger herauszugeben. Sie seien Gotteslästerer wie der Gekreuzigte und müßten bestraft werden wie er. Ich sagte ihm, daß sie mein Haus verlassen hätten. Da wollte er wissen, wo sie sich jetzt versteckt hielten. Das konnte ich ihm nicht sagen, und er gab seinen Kumpanen einen Wink.“

Mirjam hielt sich die Ohren zu, um nicht hören zu müssen, was sie erlebt hatte.

„Sie hausten wie Wilde“, sagte Judith.

„Wie Wilde“, wiederholte Jochanaan. „Sie stießen uns in die Werkstätte hinaus; uns alle, auch die Kinder. Einer der Kerle trat die Gassentür aus den Angeln. Zwei schleuderten Vasen, Töpfe, Schalen und die Drehscheiben auf das Pflaster; die anderen schlugen zusammen, was in der Werkstatt blieb.“

„Und da habt ihr so einfach zugesehen?“ fragte David.

„Hätten wir uns wehren sollen?“ fragte Jochanaan dagegen. „Es wäre nicht nur töricht, sondern auch unverantwortlich gewesen. Ephraim und ich standen unbewaffnet sechs bärenstarken Männern gegenüber. Mit Mühe hielt ich Ruben zurück, der sich auf den Anführer stürzen wollte. An Ephraim klammerte sich Mirjam. Judith beruhigte den kleinen Samuel.“

„Sie zeigte keine Angst“, sagte Ephraim und sah Judith bewundernd an.

David fiel auf, daß sie große dunkle Augen hatte. Als sie seinen Blick fühlte und zu ihm hinübersah, schaute er rasch weg und trommelte mit den Fingern auf seine Knie.

Jochanaan fuhr fort: „Der Anführer zerfetzte meine Strohkappe, warf sie auf den Scherbenhaufen und fragte mich noch einmal nach Simon Petrus und den anderen. Als ich die Achseln zuckte, fragte er die Kinder und den Gesellen aus. Judith, Mirjam und Ruben konnten ihm keine Auskunft geben; und Samuel begriff nicht, was der böse Mann von ihm wollte." Jochanaan lächelte müde. „Dann stellte sich Ephraim so täuschend dumm, daß ihn die sechs tatsächlich für närrisch hielten."

„Und doch wäre es beinahe zum Schlimmsten gekommen", wandte der Schwächliche ein. „Ruben riß sich plötzlich von Meister Jochanaan los, sprang den Anführer an, spuckte ihm ins Gesicht und schlug ihm mit den Fäusten gegen die Brust. Einer der Kumpane hob das Schwert . . ."

Jochanaan unterbrach ihn: „. . . und Gott der Herr ließ den Mord an einem Knaben nicht zu."

Ephraim erzählte weiter: „Der Anführer stieß den Kumpan zurück. Dieser stolperte und verletzte sich mit der eigenen Waffe am Kinn. Daher stammt das Blut auf dem Fußboden. Dann packte der Anführer Ruben, die anderen drängten uns zur Wand und bedrohten uns mit ihren Waffen. Ruben wehrte sich nur wenige Augenblicke lang. Unter dem Griff des Anführers sackte er bald zusammen."

Das Ende war rasch berichtet: Die Bewaffneten nahmen Ruben als Geisel. Er sollte erst freikommen, wenn Jochanaan die sechs zum Versteck des Simon Petrus geführt hatte. Das sagte der Anführer. Am Sonntag morgen werde er mit seinen Leuten wiederkommen und sich erkundigen, ob der störrische Töpfer bereit sei, mit den Vertretern der Gerechtigkeit zusammenzuarbeiten. Dabei zeigte er auf sich und seine Helfershelfer. Inzwischen, erklärte er, werde Ruben an einem sicheren Ort mit einem halben Fladenbrot und zwei Bechern Wasser täglich bewirtet werden. Und der Töpfer und seine Leute sollten sich heute nicht mehr vor die Haustür wagen.

Dann ein knapper Befehl. Wie Spuk verschwanden die Kerle mit ihrem Gefangenen . . .

„Viel Zeit bleibt uns heute nicht mehr“, meinte Ephraim. „Mit Sonnenuntergang beginnt der Sabbat.“

Die anderen wußten, worauf er anspielte.

Den Sabbat über verrichteten strenggläubige Juden keinerlei Arbeit. Nicht einmal Herdfeuer wurden entzündet. Der Sabbat gehörte Gott dem Herrn.

In sechs Tagen, berichtet die Heilige Schrift, habe der Allmächtige die Welt erschaffen und am siebten Tage geruht. Er hatte diesen Tag Sabbat genannt, ihn geheiligt und den Menschen befohlen: „Sechs Tage sollt ihr arbeiten, am siebten Tag ausruhen.“

Die Sabbatruhe war Gesetz im Volke Israel. Strenggläubige schränkten am heiligen Tage sogar die Zahl der Schritte ein. Nach dem Besuch des Tempels in Jerusalem oder einer Synagoge auf dem Lande waren sie bemüht, sich so wenig wie möglich zu bewegen. Rasches Laufen oder gar eine Verfolgung hätten gegen das Gesetz der Sabbatruhe verstoßen . . .

„Warum seid ihr Ruben nicht heimlich gefolgt?“ fragte Abram.

„Wir wollten es“, sagte Jochanaan, „doch als wir auf die Gasse liefen, flogen Steine auf uns. Wir sahen die Kerle nicht, sie warfen aus Verstecken heraus. Bekannte, die zufällig vorbeigingen, schlugen weite Bogen um mein Haus und begannen zu rennen.“

„Meister Jochanaan wurde getroffen“, erzählte Ephraim,

„da zog ich ihn in die Werkstatt zurück. Dann schlich ich noch einmal zur Tür, sah kurz hinaus, und wieder flogen Steine.“

„Ob sie auch auf uns werfen würden, Abram?“ meinte David. „Am Eintreten haben sie uns nicht gehindert. Ob sie überhaupt noch da sind?“ Bevor ihn jemand zurückhalten konnte, lief er aus der Stube.

„David!“ riefen Abram, Jochanaan, Ephraim und Mirjam. Judith sagte nichts. Sie hielt Samuel zurück, der David nachlaufen wollte.

Draußen krachten Steine gegen die Hauswand und auf

das Pflaster. Niemand schrie dazu, das war das Gespenstische.

Ephraim, der Schwächliche, war schneller als die anderen. Er schleifte David in die Stube zurück.

Mirjam schrie auf, Judith biß sich auf die Lippen. Der kleine Samuel guckte ängstlich, lief von Judith zu seinem Vater, klammerte sich an ihn und schluchzte.

Davids Stirn blutete, seine Augen waren geschlossen.

„Er ist nur ohnmächtig, die Wunde nicht gefährlich", sagte Ephraim. „Ich lege ihn auf mein Lager." Er trug den Verletzten in eine Kammer nebenan.

„Ich verbinde ihn“, sagte Judith.

Mirjam bat, ihr helfen zu dürfen. Judith war einverstanden.

„Dein Gewand sieht mitgenommen aus“, sagte Jochanaan zu Abram. „Ich besitze zwar kein neues; doch du würdest mir eine Freude machen, wenn ich dir mit einem getragenen aushelfen dürfte.“

Abram lächelte. „Du machst es mir leicht, dein Geschenk anzunehmen. Ich danke dir.“

Judith und Mirjam

Es stand nicht schlimm um David. Da er als Sklave abgehärtet war, kam er bald wieder zu sich. Er lag auf einer Decke, unter der Stroh raschelte. Judith und Mirjam saßen bei ihm.

Er erinnerte sich, griff an den frisch verbundenen Kopf und scherzte: „Da ist mir heute schon der zweite Stein draufgefallen. Die Steine von Jerusalem mögen mich nicht.“

Mirjam kicherte.

Judith gab ihm zu trinken. „Ziegenmilch“, sagte sie. „Schmeckt säuerlich, weil sie nicht frisch ist. Hilft aber gegen Durst und Fieber, und satt macht sie auch.“

David setzte sich auf. Während er trank, schielte er Judith verstohlen an; ganz kurz nur, dann blickte er jedesmal rasch zur Seite. Sie verwirrte ihn so sehr, daß er sich ärgerte und sie doch immer wieder ansehen mußte.

Mirjam merkte seine Verlegenheit. „Bist du schüchtern?“

fragte sie spöttisch. „Wenn nicht, dann guck doch *mich* mal an. Oder hast du Angst, daß ich dich beiße?"

David gab Judith den Becher zurück, streckte Mirjam die Zungenspitze heraus und tippte sich an die Stirn. Das hatte er den griechischen Mädchen abgeguckt, die Procula bedienten.

Da er sich in seinem Ärger zu heftig an die Stirn geklopft hatte, zuckte er zusammen und verzog das Gesicht.

„Wo dich die Steine getroffen haben, solltest du dich nicht kratzen", spöttelte Mirjam. „Jetzt siehst du richtig belämmert aus."

Dieses Biest! dachte David und zwang sich zu einem Grinsen. „Du, Kind", spottete er zurück, „bist auch dann beklopft, wenn dich kein Stein getroffen hat. Bei mir vergeht es, dir bleibt's."

Das war zuviel. Mirjam stampfte mit dem Fuß auf. Es sah aus, als wollte sie mit den Fingernägeln auf David los.

Judith war schneller. Sie schob die Zornige aus der Kammer.

Draußen ballte Mirjam die Fäuste. Sonst hatte sie sich mit der älteren Schwester immer gut verstanden, jetzt konnte sie Judith nicht mehr ausstehen. Ich möchte wissen, was er an ihr findet, dachte sie wütend, und beklopft bin ich noch lange nicht!

„Entschuldige, Judith", bat David verlegen. „Ich bin euer Gast und hätte Mirjam nicht beleidigen dürfen. Was hat sie bloß gegen mich?"

Judith lächelte. „Gegen dich hat sie gar nichts. Wütend ist sie auf mich, doch das gibt sich wieder."

„Wieso auf dich?" fragte David.

„Ich denke, daß du aufstehen kannst", sagte Judith rasch, und jetzt sah *sie* an *ihm* vorbei.

Er nickte. „Selbstverständlich." Beim Aufstehen taumelte er, Judith stützte ihn. Sie gingen zu den anderen zurück.

„Gut, daß es dir bessergeht, David“, sagte Abram. „Wir haben uns einen Plan ausgedacht.“

„Einen *guten* Plan“, versicherte der Töpfer.

„Ausführen müßtest ihn allerdings du“, sagte Ephraim zu David. „Wir können dir nur helfen.“

Der kleine Samuel kroch auf dem Fußboden umher und suchte seine Tonkügelchen zusammen. Sooft er eines fand, klatschte er in die Hände. Daß ihm dabei das vorher gefundene wieder durch die Finger rollte, machte ihm nichts aus.

Mirjam war nicht in der Stube. Judith fragte nach ihr.

Sie sei in der Werkstatt und wolle dort Ordnung machen, antwortete Ephraim. Dabei zuckte er die Achseln, als ob er es nicht glaubte.

„Ich richte das Passahmahl“, sagte Judith. „Es wird nicht so sein wie sonst, die Entführer haben uns beim Vorbereiten gestört.“ Sie wandte sich an den Vater: „Bleiben Abram und David?“

„Sie werden das Mahl mit uns essen“, antwortete Jochanaan. „Abram hat sich schon dafür umgezogen, wie du siehst.“

Judith ging in die Küche. Der kleine Samuel lief ihr nach. Im Hause des Töpfers wurde das Passahmahl seit jeher da eingenommen, wo der Herd stand.

„Willst du den Plan hören, David?“ fragte Abram.

„Es ist ein guter Plan“, versicherte Jochanaan noch einmal.

„... auch wenn er gefährlich ist“, sagte Ephraim, der Schwächliche.

David setzte sich zu ihnen.

Hinter der Tür zur Werkstatt lauschte Mirjam. Sie war neugierig. Was die Männer mit David besprechen wollten, mußte unerhört aufregend sein, sonst hätte Ephraim nicht von Gefahr geredet.

Mirjam kniff die Daumen ein.

Hoffentlich kriegt er dabei etwas ab! dachte sie. Nichts Gefährliches, aber vielleicht eine Tracht Prügel; die hat er verdient! Sie hörte nur noch zu gut, wie er „Kind“ zu ihr gesagt hatte. Dieser unverschämte Galiläer! Und Judith hatte er so ungeschickt angehimmelt, daß es ein Halbblinder sehen mußte! Und ihr, Mirjam, hatte er die Zunge herausgestreckt und sie für beklopft erklärt! Da waren zwei bis sieben Ohrfeigen und ein paar Tritte hintendrauf nicht mehr als gerecht – oder nicht?

Mirjam zappelte. Warum redeten sie in der Stube nicht lauter? Sie preßte das Ohr an die Tür und lauschte mit angehaltenem Atem.

Die Sonne stand tief im Westen. Bis zum Beginn des Sabbats blieb wenig Zeit.

Der Plan

Auch David war neugierig auf das, was Abram, Jochanaan und Ephraim geplant hatten.

„Heute eilt es uns nicht“, begann Jochanaan. „Wir lassen uns Zeit bis morgen. Nach Sonnenaufgang werden wir den Tempel besuchen, dann – mit Gottes Hilfe – Ruben befreien und uns alle in Sicherheit bringen.“

„Das wäre Sabbatschändung“, wandte David ein.

Die Männer stimmten ihm zu.

David glaubte sie zu begreifen. „Ach so“, sagte er, „ihr braucht mich, weil Sklaven der Römer wegen Sabbatentweihung nicht verurteilt werden dürfen. Ihr denkt daran, daß römische Sklaven keinen Ruhetag haben und für ihre Herrschaften immer dasein müssen. – Daß ich zum Beispiel für Procula auch am Sabbat laufen muß.“

„Nicht nur deswegen“, sagte Abram. „Es geht um den Ring. Nur du darfst ihn zeigen.“

„Wir werden dich begleiten“, versprach Ephraim. „Und keiner von uns wird die Schritte zählen, die er am Sabbat zurücklegt.“

„Dann seid ihr Sünder vor Gott“, sagte David, „und Verbrecher vor dem Hohen Rat. Habt ihr keine Angst?“

„Wir fürchten die Strafe der Menschen“, gestand der Töpfer Jochanaan. „Den Zorn Gottes brauchen wir nicht zu fürchten.“ Und er erzählte, was ein Freund ihm berichtet hatte: „Als Joschua, der von Gott Gesandte, an einem Sabbat in die Synagoge ging, traten Schriftgelehrte auf ihn zu und fragten ihn: ‚Ist es erlaubt, am Sabbat Kranke zu heilen?‘ Er antwortete ihnen: ‚Wer von euch zieht nicht sein Lamm aus der Grube, in die es am Sabbat gefallen ist? Und ist ein Mensch nicht mehr wert als ein Schaf? Also ist es erlaubt, am Sabbat Gutes zu tun.‘ Und er heilte die verkrüppelte Hand eines Mannes, den Freunde zu ihm gebracht hatten.“

„Ist die Befreiung eines Verschleppten etwa keine gute Tat?“ warf Abram ein.

David begriff, daß er Ruben meinte.

„Die Entführer beim Hohen Rat zu verklagen hätte keinen Sinn“, sagte Ephraim. „Daß die sechs mit Erlaubnis oder gar auf Befehl einiger Ratsherren zugeschlagen haben, ist sicher.“

Das dachte auch David. Der Anführer hatte das Wiederkommen zum Sabbatende angekündigt. Also fürchtete er keine Anzeige, sonst hätte er nicht verraten, wann er und seine Kumpane in der Töpfergasse wieder auftauchen würden. Auch wären gewöhnliche Räuber nicht ohne Beute abgezogen und hätten sich vor allem nicht auf Anhänger des Nazareners geworfen, die von der Hand in den Mund lebten und Goldstücke nur vom Hörensagen kannten.

Da war es David, als hörte er eine Stimme. „Sie sagen, daß es gefährlich ist, was du für Ruben tun sollst", warnte sie. „Was geht dich der Sohn des Töpfers an? Sieh zu, daß *du* durchkommst!"

Die Stimme kam nicht von außen. Sie ist nicht gut, dachte David, und unwillig murmelte er: „Ich bin nicht feige."

„Was meinst du?" fragte Abram.

„Sprecht weiter", murmelte David aus trockener Kehle.

Abram gab ihm zu trinken, und Jochanaan redete vom folgenden Tag.

Wichtig war, daß der Anführer am Sabbatmorgen den Tempel besuchte. Wenn er und seine Kumpane vom Hohen Rat beauftragt waren, mußten sie Gläubige sein; und Gläubigen war der Tempelbesuch zu Passah Pflicht. Außerdem hätten Ungläubige mit dem Wiederkommen in die Töpfergasse kaum bis zum Sabbatende gewartet.

Ephraim hatte sich daran erinnert, daß sich der Anführer des Schlägertrupps immer wieder hinter dem Ohr gekratzt und dann an der Nase gezupft hatte. Vielleicht trug dieser Tick zu Rubens Befreiung bei?

Jochanaan, Abram und David würden den Anführer in der Menge daran erkennen. Dann sollte es ihnen nicht schwerfallen, ihm zu folgen. Es war anzunehmen, daß er auch am Sabbat Rubens Versteck und die Wächter davor kontrollierte. Wenn er ein Strenggläubiger war, lag das Gefängnis vielleicht nicht weit vom Tempel entfernt – der erlaubten Schritte wegen.

Dann mußte der Ring des Pilatus helfen.

Sobald das Versteck entdeckt war, sollte David eine römische Streife anhalten und dem kommandierenden Decurio den Ring des Statthalters zeigen. „Im Namen des Prokurators" sollten die Legionäre dann „dem vertrauten Sklaven der edlen Procula und des hochedlen Pontius Pilatus" zu einem Versteck folgen, um einen widerrechtlich Verschleppten zu befreien. Die judäischen Wächter würden sich römischen Legionären nicht zu widersetzen wagen.

Alles andere, versprachen Abram, Jochanaan und Ephraim, würden *sie* übernehmen.

David überlegte, und das Abenteuer begann ihn zu reizen. Dann zögerte er. „Was ist, wenn Pilatus mich schon suchen läßt und der Decurio Bescheid weiß?"

„In diesen Tagen droht den Freunden des Messias überall Gefahr", sagte Abram. „Entscheiden, David, mußt du selbst. Wir tragen es dir nicht nach, wenn du ablehnst."

David nickte. „So ähnlich redete auch der Centurio aus Kapernaum zu mir", sagte er nachdenklich. „Und wenn es schiefgehen sollte, meinte er, sollte ich um mein Leben laufen. Das war, bevor er mich nach Golgatha schickte."

Sie besprachen den Plan in allen Einzelheiten, und David nahm an.

Mirjam trat von der Tür zurück, an der sie gehorcht hatte. Sie hustete deutlich, öffnete die Tür und ging zu den Männern in die Stube.

„Hast du Ordnung gemacht?" fragte Jochanaan.

„Nicht viel, Vater", antwortete sie verlegen. „Eigentlich – gar nicht."

„Alles braucht seine Zeit", sagte Abram.

Ohne David anzusehen, lief Mirjam in ihre Kammer.

Die Fensteröffnungen in den Hof hinaus wurden dunkler, die Sonne ging unter. Jochanaan und Ephraim verließen die Stube, um sich für das Passahmahl umzukleiden.

Abram trug bereits das „Festgewand“, das ihm der Töpfer geschenkt hatte. David fand eine Bürste, mit der er seine Kleider säuberte. „Jetzt siehst du wie neu aus“, scherzte Abram, „und der Verband um deinen Kopf steht dir ausgezeichnet.“

David ging auf den Scherz nicht ein. Völlig unvermittelt fragte er: „Warum nur ließ er sich kreuzigen?“

Abram zuckte die Achseln. Eine Weile saßen sie schweigend.

Die Dämmerung ging in Dunkel über.

Festlich gekleidet kamen Jochanaan und Ephraim zurück. Sie trugen Öllämpchen, die mattes Licht gaben. Kurz darauf erschienen – ebenfalls in Festgewändern – Judith, Mirjam und der kleine Samuel.

Jochanaan bat zum Passahmahl.

Im Tempel

Am Sabbatmorgen schien die Sonne. Kein Wölkchen trübte den Himmel.

Trotz der frühen Stunde war halb Jerusalem schon auf den Beinen. Durch Straßen und Gassen drängten Menschenmengen auf den Tempelberg zu und zum Tempel hinauf. Die

Kühle war noch nicht völlig aus den Mauern gewichen und machte das Gedränge erträglich.

Auf Golgatha standen nur noch die Längspfosten der Kreuze. Die Querbalken mit den Gerichteten waren abgenommen worden. Das hatte der Hohepriester bei Pilatus erreicht. Verurteilte, die den Sabbat über am Kreuz hingen, hätten den geheiligten Tag geschändet.

Den Nazarener, tuschelte es im Gedränge, habe ein vornehmer Mann in einem Felsengrab bestatten lassen.

Der Töpfer Jochanaan, sein Geselle Ephraim, Judith, Mirjam, der kleine Samuel, Abram und David trieben in der Masse mit. David trug Samuel auf den Schultern, damit der Kleine nicht verlorenging.

„Wir sind töricht", schnaufte Jochanaan. „In dieser Menschenmenge finden wir nie den, den wir suchen. Da müßte ein Wunder geschehen."

„Warum nicht?" antwortete Abram. „Der Messias ist ein Wundertäter, und wir sind seine Freunde."

„Jetzt ist er tot", sagte Jochanaan, „und ..." Mitten im Satz hielt er inne. Er hatte sich Abram zugewandt und starrte ihn entgeistert an.

„Was hast du denn?" fragte Abram.

„Dein – dein Gesicht", stammelte der Töpfer. „Es ist – vollkommen rein. Selbst die letzten Spuren des Aussatzes sind verschwunden. – Da ist nicht einmal mehr eine Narbe!"

„Danke, Messias", flüsterte Abram; und zu Jochanaan sagte er: „Wir werden Ruben finden." Er sagte es mit fester Stimme. Der Töpfer glaubte ihm nur zu gern.

Einige Schritte hinter ihnen stand David eingezwängt. Samuel fühlte sich als Reiter. Nur schade, daß David nicht hoppe machte wie ein richtiges Pferd. Der Kleine beugte sich nieder und fragte: „Kannst du nicht hoppe machen? Mach doch mal!"

„Sei ruhig“, brummelte David unwillig.

Samuel schnupfte auf, rümpfte die Nase und zog David an den Ohren, wie ein Reiter das Pferd am Zügel zieht. Das war sein Protest.

David lauschte dem Gespräch, das zwei Männer neben ihm führten. Sie redeten aufgeregt, bemühten sich, leise zu sprechen, erhoben aber immer wieder die Stimmen. Sie unterhielten sich über eine Prophezeiung des gekreuzigten Joschua.

Der Nazarener, behauptete einer der Männer, habe die eigene Auferstehung vorausgesagt. Am dritten Tag nach seinem Tode werde sein Grab leer sein; und er, der Auferstandene, werde sich seinen Freunden zeigen!

„Bist du ein Anhänger des Nazareners?“ fragte der zweite Mann.

„Unsinn“, brummte der erste. „Ich hörte es gestern vom Hauptmann der Tempelwache; er ist mein Freund. Kurz nachdem der Gekreuzigte ins Grab gelegt war, begleitete der Hauptmann den Hohenpriester zu Pilatus und hörte, was sie miteinander redeten. Der Hohepriester bat den Prokurator, eine Wache vor Joschuas Grab zu stellen, weil der Gekreuzigte seine Auferstehung angekündigt hätte. Da könnte es doch sein, daß die Jünger des Nazareners dessen Leichnam heimlich wegbringen und dann behaupten, Joschua sei von den Toten auferstanden.“

„Und?“ fragte der zweite Mann.

„Pilatus lehnte ab“, erzählte der erste weiter. „Der Prokurator sagte, daß er an keine Auferstehung glaube und daß römische Legionäre nicht dazu da seien, in jüdische Glaubensstreitigkeiten einzugreifen. Wenn der Hohepriester Grabräuber fürchte, solle er gefälligst Tempelwächter zum Aufpassen abkommandieren.“

„Und?“ erkundigte sich der zweite wieder.

„Jetzt stehen Tempelleute vor Joschuas Grab", antwortete der erste.

Inzwischen hatten sich Ephraim und die Mädchen zu David und Samuel durchgedrängt. Ephraim stieß David an. „Dort ist er", flüsterte er aufgeregt, „halbrechts von dir. Jetzt kratzt er sich zum zweitenmal hinter dem Ohr, und an der Nase hat er sich auch schon gezupft."

David entdeckte den Mann und erkannte ihn als den jüdischen Küchenmeister des Prokurators Pontius Pilatus.

Der Feinschmecker ein Entführer? – Lächerlich!

„Er ist es bestimmt nicht", sagte David zu Ephraim. Da wurden sie auseinandergedrängt.

Neuen Stau gab es, als immer mehr Menschen aus den Gassen heraus zusammentrafen und gemeinsam dem Tempel zustrebten. Erst nach endlos langer Zeit erreichten Jochanaan und seine Leute das Haupttor. Hier mußte David den Kleinen absetzen. Judith nahm Samuel bei der Hand. Sie, der Kleine und Mirjam wurden zum Vorhof der Frauen weitergeschoben; Jochanaan, Ephraim, Abram und David in den Vorhof der Männer. Auch hier war Gedränge.

David verlor die Geduld. Er stieß und drängte. Jochanaan, Ephraim und Abram bemühten sich, bei ihm zu bleiben. Murren war um sie herum. David steckte Rippenstöße ein und drängte weiter. Da tippte ihm jemand auf die Schulter. David wandte sich um. „Was ist los?" fragte er.

„Bist du wahnsinnig?" zischte der Küchenmeister des Pilatus. „Als Joschua nach Golgatha getrieben wurde, hast du einen Tempeldiener niedergeschlagen, und jetzt läßt du dich hier blicken! Ein Mann des Hohen Rates hat sich bei Pilatus über dich beschwert!"

„Und der Ring?" fragte David.

„Was für ein Ring?" brummte der Küchenmeister.

„Schon gut", sagte David. „Es fiel mir nur so ein."

„Verschwinde, so schnell du kannst“, drängte der Küchenmeister. „Ich weiß zwar nicht, warum ich dich warne, aber irgendwie tust du mir leid.“

„Ich danke dir“, sagte David, und der andere verschwand im Gewühl.

Jochanaan, Abram und Ephraim hatten die Warnung mitgehört. „Rasch weg!“ flüsterte Abram. „Noch läßt Pilatus den Ring nicht suchen, der uns helfen kann. Beeilen wir uns.“

„Wie sollen wir zu Ruben kommen, ohne daß wir den Entführer finden?“ fragte Jochanaan.

„Wie sollten wir Ruben befreien, wenn David festgenommen würde?“ wandte Abram ein.

„Also gehen wir“ sagte Jochanaan.

Ephraim drehte sich um und stöhnte den Mann an, der hinter ihm stand: „Würdest du mir Platz machen, Bruder, bevor mir so übel wird, daß ich . . .“

Der „Bruder“ wich hastig zur Seite.

„Wer sagt Judith und Mirjam Bescheid?“ fragte David.

„Eines der Mädchen wartet in der Vorhalle auf mich“, sagte Ephraim. „Dort genügt ein Wink, und wir sind wieder beisammen.“

Es kostete Kraft, sich dem Menschenstrom entgegenzudrängen. Daß Ephraim weiterhin den Mann spielte, dem übel war, half nur noch selten.

Dann geschah das Unwahrscheinliche.

Als sich die Männer in die Vorhalle durchgezwängt hatten, trafen sie dort mit Judith, Mirjam und Samuel zusammen. Dem Kleinen war es im Gedränge unheimlich geworden. Da hatte er so lange geweint und genörgelt, bis ihn Judith aus dem Vorhof der Frauen weg und zu Mirjam in die große Halle getragen hatte.

Hier kam ein Bekannter aus der Gerbergasse zu Jochanaan, legte ihm die Hand auf die Schulter und flüsterte: „Der Herr sei gelobt, daß ihr am Leben seid. Ich hörte, daß sie euch überfallen und Ruben verschleppt hätten."

„So ist es", bestätigte Jochanaan.

Judith bat David, den Kleinen wieder zu tragen. „So kommen wir schneller weg", meinte sie.

Da griff Ephraim zu und hob sich Samuel auf die Schultern. Er lächelte Judith zu und meinte: „So kräftig wie der Junge bin ich auch."

David hörte die Warnung aus der Stimme. „Spinner", murmelte er spöttisch.

Dem Kleinen gefiel es auf Ephraim genauso gut wie vorher auf David.

Jochanaan bat den Gerber, ihn zu begleiten. Auf einem wenig begangenen Seitenpfad stiegen sie den Tempelberg hinunter. Und der Gerber erzählte. Gestern, vor Sabbatbeginn, hatte es nicht nur in der Töpfergasse Scherben gegeben, die nicht von Sturm und Erdbeben, sondern von Menschen stammten. Bewaffnete waren auch in die Gasse der Gerber gestürmt, in die Seilmachergasse und in die Gasse der Weber. Sie hatten da zugeschlagen, wo Anhänger des gekreuzigten Joschua wohnten oder Leute, die seine Jünger beherbergt hatten. Wo sich Simon Petrus versteckt halte, hatten sie besonders hartnäckig gefragt. Auch aus der Weber- und Gerbergasse hatten sie Geiseln mitgenommen. Die sollten erst freikommen, wenn Simon Petrus gefaßt war.

Wohin die Geiseln verschleppt waren, wußte der Gerber nicht. Um sich nicht als Joschuas Anhänger zu verraten, hatte er Beifall geklatscht, als sein Nachbar überfallen worden war. Jetzt schämte er sich dafür.

Wichtig war, was er weiter erzählte. Er glaubte, den Anführer des Schlägertrupps erkannt zu haben, obwohl sich dieser verkleidet hatte. „Es war einer jener Händler, die

Joschua aus dem Tempel vertrieben hatte“, behauptete er. „Wenn ich mich nicht allzu sehr täusche, ist er ein Onkel des Hauptmanns der Tempelwache.“ Der Gerber blieb stehen und erklärte, nicht weitergehen zu wollen, da er die Zahl der erlaubten Schritte nicht übertreten möchte.

„Du hast uns geholfen“, sagte Abram. „Wir danken dir.“

Der Gerber verabschiedete sich mit dem Friedensgruß und ging in den Tempel zurück.

„Wieso geholfen, Abram?“ fragte Jochanaan.

„Wieso?“ fragten die anderen.

Dem kleinen Samuel wurde es schon wieder langweilig. Er zappelte auf Ephraims Schultern herum und regte sich auf, weil der Gaul Ephraim nicht lostrabte.

Abram erkundigte sich nach dem schnellsten Weg in die Töpfergasse. „Kein Aufpasser darf uns entdecken“, warnte er. „Unterwegs sag' ich euch, was ihr wissen müßt.“

Jochanaan schlug vor, über die Dächer zu gehen.

Der Pfad führte über Geröll, durch Sträucher und Gestrüpp. Immer wieder vom ungeduldigen „Hüüh!“ unterbrochen, mit dem der kleine Samuel den Gaul Ephraim antrieb, erklärte Abram: „Aussätzige hören und sehen schärfer als die, von denen sie wie räudige Hunde davongejagt werden. Vor wenigen Wochen, als auch ich ein Verstoßener war, hörte ich von einer Felshöhle, in der es sich besser hausen lasse als in den Rattenlöchern im Tal der Aussätzigen, in das der Hohe Rat die Ausgestoßenen verbannt. Die Höhle liege eine Meile nördlich von Golgatha, berichtete unser Kundschafter. Sie biete Platz für zwei Familien, und Wasser gebe es auch in der Nähe.“

Abram zuckte die Achseln. „Weil ich einiges von der Heilkunst verstehe und ein paar armen Teufeln das Ende erleichtern konnte, dachten die anderen, daß mich auch die Gesunden respektieren würden. Also schickten sie mich mit drei Männern zur Höhle hinaus. Wie vorgeschrieben, lärmten wir unterwegs mit unseren Holzklappern, um Gesunde zu warnen. Dann sahen wir die Höhle – und wurden von Männern verjagt, die dort arbeiteten. Sie warfen Steine und schrien, daß wir das Grab nicht verunreinigen sollten, das der Onkel des Hauptmanns der Tempelwache für sich in den Fels hauen lasse."

Abram nahm an, daß dieser Onkel der Anführer der Bewaffneten war, die in der Gerbergasse gehaust hatten. „Ein geiziger Händler, der jedes Geldstück dreimal umdreht, bevor er es ausgibt, wählt für sein Grab eine natürliche Höhle. Da muß er den Arbeitern nicht einmal die Hälfte von dem bezahlen, was er für eine in festen Stein gehauene Grabstätte bezahlen müßte."

„Was hat das mit uns zu tun?" fragte Ephraim.

„Einer der Händler, die Joschua aus dem Tempel trieb, ist der Onkel des Hauptmanns der Tempelwache", sagte Abram. „Der Hauptmann möchte die Jünger des Messias gefangennehmen, vor allem den Simon Petrus. – Warum? – Um dem Hohen Rat gefällig zu sein und dann befördert zu werden. Der Hohe Rat gestattete dem Hauptmann, Joschuas Jünger festzunehmen. Da sich der Hauptmann selbst mit den Häschern nicht sehen lassen wollte, bestimmte er Freunde zu deren Anführern. Einer davon war sein Onkel. Die entführten Geiseln wurden dann . . ."

David unterbrach ihn aufgeregt: „. . . in das Grab des Onkels gebracht!"

Abram nickte ihm zu. „In der Grabhöhle bei Golgatha vermute kein Mensch verschleppte Gefangene, denken der Hauptmann und sein Onkel. Das Grab liegt so nahe bei der Schädelstätte, daß es Abergläubischen noch als verflucht gilt."

Ephraim stöhnte, weil ihn Samuel an den Ohren gezogen

hatte. „Heja!“ rief der Kleine ungeduldig. „Mach hoppe, du Pferd!“ Ephraim hopste, Samuel quiekte fröhlich, und Judith nahm ihn von Ephraims Schultern. „Jetzt gehst du auf eigenen Füßen, Brüderchen“, sagte sie streng.

„Es – macht mir – wirklich nichts aus“, stotterte Ephraim. „Aber – aber es ist lieb von dir – Judith.“

„Der auch noch“, brummelte Mirjam, packte Samuel bei der Hand und fauchte ihn an: „Jetzt gehst du brav neben mir, du Aas! Und wenn du Zicken machst, kriegst du ein paar hinter die Ohren.“

Samuel guckte von Mirjam zu Judith, von Judith auf Mirjam. Dann brummelte er etwas von „bösartigen Mädchen“ und ließ sich führen. (Den Ausdruck „bösartig“ hatte er von Ephraim gehört, als den „ein bösartiger Hund“ gebissen hatte. So hatte Ephraim gesagt, und dann hatte er eine Zeitlang gar nicht gut sitzen können, der Ephraim.)

Der Seitenweg endete kurz hinter der Stadtmauer. Hier standen fensterlose Buden, die teils als Wagen- und Vorratsschuppen dienten, teils als Unterkünfte für Pilger, die nicht viel bezahlen konnten. Zu den Festzeiten wurden selbst die flachen Dächer bewohnt.

Jochanaan wies auf verwitterte Steinstufen, die auf das Dach des äußersten Schuppens führten. „Vorsicht“, warnte er, „sie wackeln.“

Das zerwühlte Stroh auf dem ersten Dach verriet, daß die Mieter zum Tempel aufgebrochen waren. Das zweite Flachdach schloß an das erste an und lag einen Fußbreit über diesem, das dritte knapp über dem zweiten, das vierte eine Stufe über dem dritten. Alle Dächer waren leer.

Jochanaan führte von Dach zu Dach, dann einige Steinstufen abwärts zur Hintertür des Töpferhofes. Sie waren daheim, kein Aufpasser hatte sie gesehen.

Gräber

Abram kannte die Grabhöhle, in der Ruben – vielleicht – gefangengehalten wurde. „David muß wissen, wohin er die Römer führen soll, die er mit dem Ring des Pilatus täuscht", sagte er. „Also sehen er und ich uns in der Umgebung der Höhle um. Zwei Leute fallen weniger auf als eine Gruppe. Du, Jochanaan, bleibst mit Ephraim und den Kindern zu Hause. Packt alles Wichtige zusammen. Besorgt zwei Esel oder Maultiere. Es könnte sein, daß wir fliehen müssen."

„Kommt gut zurück", sagte Judith. Sie sah David viel länger an als Abram. Mirjam merkte es, biß die Zähne zusammen und ballte die Fäuste. Und Ephraim biß sich auf die Lippen.

„Der Herr sei mit euch", sagte Jochanaan zu Abram und David.

„Und mit mir", flüsterte Mirjam so leise, daß es niemand hörte.

Abram und David verließen das Haus über die Hintertreppe und verschwanden zwischen den Dächern. Kein Späher verfolgte sie.

Oder doch?

Kurz nach ihnen kletterte noch jemand aus dem Hof des Töpferhauses, huschte geduckt über das Nachbardach und schlich hinter Abram und David her . . .

Abram führte David durch menschenleere Seitengassen, und sie zählten die Schritte nicht, die sie zurücklegten. Wenn sie verdächtige Geräusche hörten, verbargen sie sich in Nischen, hinter Holzstapeln und dann hinter Gestrüpp, das an der Stadtmauer wucherte. Je höher die Sonne stieg, desto stärker drückte die Schwüle.

Abram und David verließen die Stadt durch das Tor, durch das Joschua auf seinem Kreuzweg getrieben worden war. Vor den Pfählen von Golgatha schauderte David zusammen. „Das ist vorbei“, sagte Abram und zog ihn weiter.

Auf einem Fußweg erreichten sie einen verwilderten Garten, aus dem vereinzelte Felsstöcke aufragten. Hier, etwa eine halbe Meile von Golgatha entfernt, lagerten vier Tempelwächter vor einem Grab.

„Gehen wir ihnen aus dem Weg“, sagte Abram. „Es ist nicht die Grabhöhle, die ich meine.“

Einer der Wächter hatte sie bereits gesehen. „Hee!“ rief er. „Kommt her!“

„Einer so freundlichen Einladung müssen wir ja wohl folgen“, spottete Abram. „Vielleicht hilft uns der Ring.“

„Heee!“ rief der Wächter noch einmal. „Bewegt euch! Oder gehört ihr zu denen, die den da drin stehlen möchten?!“ Er wies auf das mit einem schweren Rollstein verschlossene Felsengrab.

„Wir kommen!“ rief Abram; und David flüsterte er zu: „Laß mich reden und beherrsch dich, auch wenn es schwerfällt.“ David nickte. Sie gingen der Wache entgegen.

Die Tempelleute stellten sich breitbeinig vor das Grab. Ihre Lanzen blitzten in der Sonne.

„Friede sei mit euch“, sagten Abram und David, legten die Hand an die Stirn und verneigten sich.

„Wieso Friede?“ brummte der Tempelmann, der sie angerufen hatte. „Seid ihr nicht Freunde von dem da drin?“ Wieder zeigte er auf das Grab.

„Sie sind seine Freunde!“ rief ein anderer. „Den da“, er wies auf Abram, „den hab’ ich gesehn, als er behauptete, daß ihn der Nazarener vom Aussatz geheilt hätte. Dabei ist er niemals aussätzig gewesen. Das versichern die Priester!“

„Ich war es“, sagte Abram.

„Bist du der Heilkundige, der meine Tochter mit Zauberkunst geheilt hat?“ fragte der dritte Wächter. Er ließ seinen Speer fallen, packte Abram an den Schultern und schüttelte ihn. „Du bist es“, schnaufte er aufgeregt. „Du bist Abram, der Wundertäter! Laß dich umarmen!“

„Es war kein Zauber, und ich bin kein Wundertäter“, sagte Abram. „Aber ich freue mich, daß ich deiner Tochter helfen durfte.“ Er nickte den Wächtern zu. „Wie ich sehe, bewacht ihr ein Grab. Doch warum bedroht ihr uns, die wir vorbeigehen möchten?“

„Wohin?“ erkundigte sich der erste Tempelmann mißtrauisch.

„Zum Grab, das dem Onkel eures Hauptmanns gehört“, antwortete Abram. „Daß wir am Sabbat unterwegs sein dürfen, erlaubt uns der Ring des Pilatus.“ Er nickte David zu. „Zeig ihn.“

David hielt den Ring hoch. Die Wächter blinzelten darauf, steckten die Köpfe zusammen und tuschelten miteinander.

Dann sagte einer zu David: „Bist du nicht der Sklave, der dem Pilatus die Schüssel brachte?“

„Der bin ich“, gestand David. „Und das ist der Ring, den Tiberius dem Pilatus geschenkt hat. Wer ihn besitzt, befiehlt im Namen des Kaisers.“

„Woher hast du ihn?“ erkundigte sich ein anderer Wächter mißtrauisch.

„Von Pilatus“, antwortete David. Und Abram warnte: „Wenn ihr keine Scherereien mit den Römern wollt, dann erklärt bitte, warum ihr uns hier aufhaltet.“ Einige Münzen, die er den Wächtern in die Hände drückte, überzeugten sie stärker als der Ring des Pilatus.

Abram und David erfuhren das Geheimnis des Grabes.

In der Felshöhle, erzählten die Wächter, liege Joschua begraben, der Nazarener, der am Kreuz gestorben war. Ein Mitglied des Hohen Rates, ein gewisser Joseph von Arimathia, habe von Pilatus die Erlaubnis erhalten, den Gekreuzigten hier zu bestatten. Vielleicht sei dieser Joseph ein geheimer Anhänger des Nazareners, und höchstwahrscheinlich habe er dem Prokurator Geld zugesteckt. – Doch da behaupteten einige Verrückte, daß dieser Joschua am dritten Tag nach seinem Tode ganz lebendig auferstehen werde. Und weil Pilatus eine römische Grabwache verweigert habe, ständen jetzt vier Tempelkrieger vor dem Rollstein; damit die Jünger des Gekreuzigten den Stein nicht wegrollen, den Leichnam stehlen und dann behaupten könnten, daß Joschua auferstanden sei. Alle sechs Stunden werde die Wache abgelöst, damit keiner einschlafe.

Über das Grab, das dem Onkel des Hauptmanns der Tempelwache gehörte, wußten die vier nichts zu sagen.

Abram und David verabschiedeten sich und gingen weiter. Die Wächter lehnten die Speere an den Rollstein und setzten sich in den Schatten der Felswand.

Die Hitze nahm zu, die Luft flimmerte. Der Schatten, den die Bäume warfen, spendete kaum noch Kühle. Dann kam Wind auf; doch statt aufatmen zu lassen, wehte er Staubwolken vor sich her; feine warme Sandkörner, die in den Augen brannten und Mund und Nase verklebten. In kurzer Zeit verschwand das Grün der Bäume und Sträucher unter den braungelben Schwaden des Flugsandes.

Abram und David atmeten schwer.

Eine verwitterte Steinmauer zeigte die Grenze des Grundstücks an.

„Pssst“, flüsterte Abram. „Da war ein Geräusch.“

Sie blickten sich um, lauschten – und sahen und hörten nichts. Abram glaubte schon, sich getäuscht zu haben, da flüsterte David: „Jetzt hab’ ich es auch gehört. Da waren Tritte, und dann knackte etwas.“

Knapp zehn Schritte lag die Gartenmauer hinter ihnen, davor gab es kein Versteck. David lief durch das Tor, durch das sie gekommen waren. Eine Stimme kreischte erschrokken.

Da lief auch Abram.

Und da war Mirjam. Unter Davids Griff hatte sie aufgeschrien, jetzt lächelte sie unsicher.

„Was soll das?“ fragte Abram verärgert. „Wieso bist du nicht zu Hause geblieben?“

Sie antwortete herausfordernd: „Ich helfe euch, Ruben zu befreien. Und ich hab’ genausoviel Mut wie ihr. Jetzt gehen wir zusammen. Ihr habt mich entdeckt, da muß ich euch nicht länger nachschleichen." Sie lachte trotzig. „Abschütteln könnt ihr mich nicht, ich würde immer wieder hinter euch herlaufen." Dann stupste sie David an und flüsterte: „Ich bin besser als Judith."

„Na und?" meinte David.

„Du bist ein Ekel!" fauchte Mirjam wütend.

„Ruhe!" befahl Abram. „Du, Mirjam, bleibst so weit hinter uns, daß du dich bei Gefahr sofort verstecken kannst. Wenn alles gutgegangen ist, wird dir Vater Jochanaan die Ohren langziehen."

„Die Ohren langziehen", kicherte David belustigt. Da bekam er eine Ohrfeige, und bevor er sich duckte, die zweite.

„Du Aas!" zischte Mirjam. „Du – du – du Sklave!"

David zuckte zusammen, als ob er noch eine Ohrfeige erhalten hätte.

„Wollt ihr uns durch kindische Streiterei verraten?" schimpfte Abram. „Mirjam bleibt zwanzig Schritte zurück; du, David, kommst mit mir. Und kein Wort mehr! Los jetzt!"

Mirjam lächelte David zu. Bevor er überlegen konnte, ob das Lächeln spöttisch oder versöhnlich gemeint war, packte ihn Abram am Ärmel und zog ihn fort. Sie überquerten einen Wasserlauf, der nur noch aus braunschimmernden Pfützen bestand, und stiegen einen mit verstaubten Ölbäumen und vereinzelten Palmen bewachsenen Hang hinauf. Niemand kam ihnen entgegen; das Sabbatgebot beschützte sie.

Dann sahen sie die Höhle, von der Abram gesprochen hatte. Sie lag in einer von Gestrüpp überwucherten Felswand. Vier Bewaffnete saßen davor; der Kleidung nach waren auch sie Männer der Tempelwache. Da der Wind den Staub auf sie zublies, saßen sie mit eingezogenen Köpfen. Die Lanzen hatten sie quer über die Knie gelegt.

Abram und David duckten sich hinter Gesträuch und spähten zur Höhle hinauf.

Da war Mirjam schon wieder. Sie hatte sich herangeschlichen und flüsterte Abram zu: „Den ganz links, den kenn' ich. Er hat mich an die Wand gestoßen, als sie uns überfallen haben. Er hat eine schiefe Schulter, die rechte ist tiefer als die linke, das hab' ich mir gemerkt."

„Vielleicht ist es gut, daß du uns gefolgt bist", meinte Abram.

„Und ob es gut ist!" trumpfte Mirjam auf. „Ohne mich . . ."

Abram legte ihr die Hand auf den Mund.

Aus der Höhle trat ein Mann, spähte in die Runde, kratzte sich hinter dem Ohr, zupfte sich an der Nase und redete auf die Wächter ein.

Es war gut, daß Abram Mirjam den Mund zuhielt, sonst hätte sie gerufen: „Der hat sie angeführt!" So gurgelte sie es nur unterdrückt.

Der Mann, der sich gekratzt und gezupft hatte, setzte sich zu den anderen. „Den kriegen wir nicht mit dem Ring des Pilatus herum", murmelte Abram. „Der fällt auf keinen Schwindel herein."

„Ob Ruben tatsächlich dort oben gefangensitzt?" fragte David.

Abram nickte. „Ich bin sicher."

„Dann muß ich wohl Römer besorgen", meinte David.

„Und ich?" fragte Mirjam.

„Du hältst den Mund und rührst dich nicht vom Fleck!" befahl Abram so streng, daß sie die Zähne zusammenbiß und kein Wort mehr redete . . .

David lief zur Stadt zurück, schlug einen Bogen um Joschuas Grab und atmete auf, als der Wind einschlief und keinen Staub mehr aufwirbelte.

Da war Golgatha. Kein Mensch ließ sich blicken, nicht einmal Legionäre einer römischen Streife. Vor den Pfählen auf der Schädelstätte wurde David so richtig bewußt, was er tun wollte. „Ich bin verrückt", murmelte er. „Warum sollten Legionäre einem entlaufenen Sklaven gehorchen?" Er blinzelte zur Höhe hinauf. Da war ihm, als schimmerte der mittlere Pfahl in magischem Licht. „Sie haben dich begraben, Rabbi", redete David weiter, „und sie bewachen dich auch noch im Tod."

Die Sonnenstrahlen ließen die Luft flimmern, das Leuchten auf Golgatha bewegte sich.

Und David sprach weiter zu dem schimmernden Pfahl: „Hilf mir, Rabbi, wie du anderen geholfen hast – weil ich dem Ruben helfen möchte. Wenn du mir hilfst, Rabbi, dann glaub' ich auch, daß du von den Toten auferstehst."

Das Leuchten blieb.

David ging auf die Zeltstadt der Pilger zu. Der Staub auf den Zelten flimmerte und tat den Augen weh. In den Gassen regte sich kaum Leben. Des Sabbats wegen waren die meisten Pilger noch im Tempel, andere hielten sich in den Zelten auf, wo es zwar schwül, aber doch schattiger war als draußen.

David erinnerte sich an die Glaubensstunden bei seinem Lehrer und schämte sich, unterwegs zu sein. Doch da war Ruben – und Rabbi Joschua hatte gelehrt, daß Gläubige auch am Sabbat Gutes tun dürften. – Ob er tatsächlich von den Toten ins Leben zurückkehrte?

David zuckte zusammen.

Marschtritte klirrten heran.

Römische Legionäre! Sie marschierten durch die Zeltstadt, um keine Unruhen aufkommen zu lassen. Pilatus war vorsichtig geworden, nachdem es im vergangenen Jahr Raufereien zu Passah gegeben hatte.

„Danke, Rabbi“, murmelte David. „Aber laß es nicht die sein, die mich suchen.“ Dann erkannte er den Decurio, der die Streife anführte. Es war ein Ausländer, wie die meisten Legionäre hier Ausländer waren. („Junge Römer leben lieber bequem, statt für den Kaiser die Helden zu spielen“, hatte Davids Lehrer erklärt, als sein Schüler noch kein Sklave gewesen war.)

Der Decurio stammte aus Syrien. David hatte ihn in der Burg Antonia flüchtig kennengelernt.

Aus einigen Zelten schauten Leute heraus und zogen die Köpfe zurück, als sie römische Legionäre sahen.

David versteckte sich in einer Zeltgasse, bis die Streife an ihm vorbeimarschiert war. Dann huschte er aus der Deckung und rannte den Legionären nach. Es sah aus, als sei er aus der Stadt gelaufen, um den Trupp einzuholen. „Hee, Decurio!“ rief er. „Heee!“ Dann stolperte er, als ob er am Ende seiner Kräfte sei.

Ein scharfer Befehl – die Streife stand. Neun Legionäre befehligte der Decurio. Auf ein weiteres Kommando wandten sie sich David zu und formierten sich zum Dreierblock: je drei Mann neben- und hintereinander. Sie deckten die Brust mit den Schilden und hielten die Lanzen mit den Spitzen nach vorn. So stellten sich römische Einheiten immer zur Verteidigung auf. Der Decurio zog das Schwert.

Wieder guckten Neugierige aus den Zelten. Manche grinsten über die zehn Römer, die einem atemlosen Jungen neun Speere und ein Schwert entgegenhielten. Gespottet wurde nicht; höhnische Worte hätten den Sabbat entweiht.

Der Decurio stellte fest, daß keine Angreifer dem Jungen folgten, und erkannte ihn. Er ließ die Legionäre bequem stehen, steckte das Schwert ein und trat vor.

David zeigte ihm den Ring des Pilatus.

„Befehl des Prokurators?“ fragte der Decurio knapp.

David nahm allen Mut zusammen, trat dicht vor den Decurio und flüsterte ihm zu: „Es geht um eine Befreiung, die kein Aufsehen erregen darf. Tempelwächter haben Leute entführt, die auf keinen Fall in der Gewalt der Judäer bleiben dürfen."

„Schon gut", sagte der Decurio. „Weil sich der Prokurator nicht schon wieder mit den Leuten anlegen möchte – wie gestern vor der Verurteilung des Nazareners –, soll alles schnell und ohne Lärm erledigt werden. Ist es so?"

David nickte. „Des Sabbats wegen werden die Tempelwächter kaum Widerstand leisten."

„Tempelwächter", spottete der Decurio. „Kein römischer Legionär mag sie, und noch weniger fürchten wir uns vor ihnen."

„Es sind vier oder fünf", sagte David. „Sie verlassen sich darauf, daß ihr Versteck nicht entdeckt wird. Wir haben es trotzdem gefunden."

„Außerhalb des Tempels?" fragte der Decurio.

„Außerhalb", bestätigte David, „in einer Felshöhle."

„Weit weg von hier?" erkundigte sich der Decurio.

„Ungefähr eine Meile", antwortete David.

„Gehen wir", sagte der Decurio. „Unterwegs erklärst du mir Einzelheiten."

David atmete auf. Der Decurio wußte also noch nicht, daß Pilatus den Ring verloren, Proculas Sklave die Burg Antonia unerlaubt verlassen hatte und auf Befehl des Prokurators gesucht wurde. Ob der Decurio bestraft würde, wenn der Schwindel aufflog? David fühlte sich unbehaglich.

„Soll ich Laufschritt befehlen?" fragte der Decurio dienstlich. Die Legionäre murrten. Schmutziger Schweiß lief ihnen aus den Helmen über die Gesichter.

„Schnelles Marschieren genügt", entschied David.

Die Legionäre atmeten auf.

Der Decurio ließ sie in Zweierreihen antreten, dann klirrten sie aus der Zeltstadt hinaus. An der Spitze ging David neben dem Decurio.

Der Legionär, der wegen der ungeraden Zahl allein am Ende marschierte, machte es sich bequemer als die anderen. Er schob den Helm ins Genick, streifte den Schild vom Arm, hängte ihn an die Lanze und trug ihn daran auf der Schulter. So hatte er die linke Hand frei, konnte sich kratzen, den Schweiß abwischen, die Nase säubern und Fliegen verscheuchen.

Die Befreiung

Zwischen judäischen Tempelwächtern und römischen Legionären gab es seit eh und je Reibereien. Die Tempelmänner sahen die Legionäre als Unterdrücker und aufgeblasene Besatzer an; die Legionäre verspotteten die Tempelleute als Möchtegernkrieger ohne Mark in den Knochen. In den Kneipen gab es immer wieder Raufereien und blutige Köpfe. Dann wurden einige Raufbolde vom Hohen Rat, andere vom römischen Prokurator eingesperrt, wieder andere erhielten Kneipenverbot – doch die Raufereien gingen weiter . . .

Der Decurio, den David gegen die Tempelmänner führte, freute sich auf die Balgerei. „Es sind vier oder fünf Komiker, die sich für Krieger halten“, erklärte er seinen Legionären. „Behandelt sie vorsichtig.“

Die Männer grinsten, und der Eilmarsch machte ihnen beinahe Vergnügen. Sie stellten sich die vier oder fünf Templer vor, wie sie vor neun römischen Legionären erschraken, die Waffen wegwarfen und um Gnade winselten. Daß alle neun Legionäre und ihr Decurio dazu keine Römer, sondern Syrer waren, spielte keine Rolle. Wenn der Decurio nicht Schweigen befohlen hätte, hätten sie sämtliche Strophen des Spottliedes gesungen, das der letzte Mann angestimmt hatte:

„Wir marschieren für Rom bis ans Ende der Welt
und verklopfen einen jeden, der uns nicht gefällt."

Bis hierher hatten sie singen dürfen. Dann winkte der Decurio ab und befahl dem letzten Mann: „Nimm deine Pfanne vom Bratspieß, du letztes Kamel der Legion! Und wenn du noch einmal zu krähen beginnst . . ."

„Jawohl nein, Decurio!" unterbrach ihn der Legionär, nahm den Schild von der Lanze, schob ihn über den linken Arm, schulterte den Speer, wie es sich gehörte, und brummelte vor sich hin: „Kaum wird einer zum Decurio befördert, hat er auch schon kein Kunstverständnis mehr." Leise, nur so vor sich hin, summte er das Spottlied weiter:

„Wir marschieren für Pontius Pila-ha-tus,
weil Pila-ha-tus uns bezahlen muß."

Auch das durfte er nicht zu Ende summen. Sein Vordermann knurrte: „Halt's Maul!"

Der Sänger zuckte die Achseln und schwieg. Dann knirschte nur noch der Sand unter den Stiefeln. Überlaut klang das Heulen streunender Hunde; und wenn irgendwo ein Vogel pfiff, hörte es sich gespenstisch an.

David führte die Römer um Joschuas Grab herum, damit sie nicht vorzeitig entdeckt wurden. Der Decurio schimpfte über Hitze und Staub, die ihn hier schlimmer piesackten als in Syrien, wo er zu Hause war. „Das einzige, was uns mit den

Judäern verbindet, ist die aramäische Sprache", erklärte er David. „Ansonsten können mir die da alle gestohlen bleiben." Er spuckte Staub aus und schob den Helm ins Genick. Die Legionäre nahmen es als Erlaubnis und machten es nach. Der Decurio hatte nichts dagegen.

Dann sahen sie die Felswand, von der David gesprochen hatte, und die vier Wächter davor. Ein fünfter war nicht zu entdecken. Die vier hockten im Sand und dösten vor sich hin. Die Speere hatten sie an den Fels gelehnt.

„Was sind sie doch niedlich", spottete der Decurio. Die Legionäre grinsten; weniger deshalb, weil auch sie die Tempelmänner niedlich fanden, sondern weil sie verschnaufen durften. Sie hielten in einer Bodenwelle, knapp hundert Schritt von der Grabhöhle entfernt.

David sah sich um.

„Was hast du?" fragte der Decurio.

„Meine Leute müßten hier sein", flüsterte David.

Da huschten sie auch schon heran, und David stellte sie vor: „Abram – Mirjam."

„Wieso ein Mädchen?" brummte der Decurio. Dann musterte er Mirjam und meinte: „Immerhin ist sie hübsch."

„Der Centurio hat mehr Geschmack als du", sagte Mirjam schnippisch zu David. Sie wiegte sich in den Hüften und strahlte den Decurio an.

„*Decurio*, bitte", verbesserte dieser geschmeichelt.

Die Legionäre schmunzelten.

„Da braucht ihr gar nicht so dämlich zu grinsen, ihr Büffel!" knurrte der Decurio. „Eines Tages bin ich Centurio, dann zieh' ich euch die Eselsohren lang und die Hammelbeine noch länger, verstanden?"

„Jawohl", murmelten die Legionäre und grinsten weiter.

„Wo ist der fünfte Mann?" fragte David. „Der, den Mirjam als den Anführer erkannte?"

„Kurz bevor ihr gekommen seid, verschwand er hinter dem Fels“, berichtete Abram. „Gesehen hat er euch bestimmt nicht, sonst hätte er die Wächter alarmiert oder wäre gerannt. Aber er ging ganz ruhig.“

„Vielleicht muß er mal“, witzelte ein Legionär. „Das müssen sogar Offiziere, nicht wahr, Cent . . .“ Er unterbrach sich, zuckte die Achseln und entschuldigte sich todernst: „Verzeihung, ich muß natürlich ‚Decurio‘ sagen – leider, Decurio, leider.“

Die anderen bissen die Zähne zusammen, um nicht laut loszuprusten.

Und der Decurio drohte: „Wer jetzt auch nur ein ganz klein wenig zu grinsen wagt, den jag' ich nachher im Laufschritt nach Jerusalem hinein, und wenn ich neben ihm herlaufen muß! Daß ich Legionsmeister im Fünfmeilenlauf bin, dürfte sich ja wohl auch unter euch Vollidioten herumgesprochen haben.“ Er wies auf den Legionär, der sich den Spaß erlaubt hatte. „Du“, sagte er sehr freundlich, „wirst deinen lieben Kameraden, die jetzt nicht grinsen dürfen, deinen nächsten Sold spendieren, damit sie auf deine Kosten fröhlich sind.“ Er nickte den Legionären zu. „Jetzt dürft ihr grinsen“, sagte er grinsend.

Der Witzbold guckte belämmert, die Kameraden strahlten vor Schadenfreude.

„Denk an den Befehl“, warnte David den Decurio.

„Angriff aus dem Hinterhalt“, befahl dieser leise. „Wir schleichen uns von den Seiten an. Dann kommandiere ich ‚Drauf!‘, und ihr haut den Brüdern eure Lanzen auf die Köpfe. Das betäubt sie, ohne ihnen weiter zu schaden. Und hinterher wissen sie nicht, wer die Gefangenen befreit hat.“

Der Trupp war eingespielt. Ab jetzt genügten Handzeichen. Vier Legionäre folgten dem Decurio und David in die rechte Flanke der Höhlenwächter, die anderen dem Abram nach links. Mirjam mußte zurückbleiben, obwohl sie protestierte. Ein Mädchen unter kämpfenden Legionären sei undenkbar, hatte der Decurio erklärt.

„Männer!" schmollte Mirjam und blieb zurück. David hörte nicht, was sie ihm hinterhergrollte: „Ich werd' es dir beweisen", flüsterte sie grimmig. „Und wenn du mir dann sagst, daß du mich magst und nicht die Judith, dann – dann lass' ich dich zappeln wie einen Fisch an der Angel!" Sie setzte sich, ballte die Fäuste und spuckte in den Sand . . .

David und Abram bewunderten die Legionäre. Bisher hatten sie römische Truppen nur im Marschtritt, waffenklirrend und im Knarren der Lederpanzer erlebt. Jetzt schlichen der Decurio und seine Männer fast lautlos die Anhöhe hinan. Sie nutzten jede Bodenwelle und jedes Gestrüpp als Deckung und hielten die Waffen so geschickt, daß kein Sonnenstrahl Schilde und Speerspitzen aufblitzen ließ.

Arglos dösten die Tempelmänner vor der Grabhöhle. Wer sollte hier schon am Sabbat unterwegs sein?

Das dachten die Wächter – hörten einen scharfen Befehl, erschraken – und hörten und sahen nichts mehr.

Ein zweites Mal zuzuschlagen, erlaubte der Decurio seinen Legionären nicht. „Auf Bewußtlose einzuprügeln ist feige", sagte er. „Wollt ihr feige sein?"

„Feige nicht, aber witzig", meinte der Legionär, der den Schild am Speer getragen hatte. „Ein Witzchen solltest du uns nicht verbieten."

Der Decurio musterte ihn mißtrauisch. „Was meinst du mit Witzchen, du Spaßvogel?"

Der Legionär kicherte. „Anmalen, Decurio. Jetzt lassen sie sich's gefallen."

„Genehmigt", sagte der Decurio und grinste wie seine Männer. Das „Anmalen" besiegter Gegner war syrischer Brauch. Man strich den Unterlegenen Farbe ins Gesicht. In alten Zeiten war es eine Todeszeremonie gewesen. Die Farbe bestimmte, welchem Gott der Gezeichnete geopfert werden sollte. Seitdem die Römer Syrien besetzt hielten, gab es diese Zeremonie nicht mehr. Das Bemalen Gefangener hatten die Römer jedoch nicht verboten, sie sahen es als Scherz an. Angestrichene Besiegte wurden dem Spott der Menge ausgesetzt. Die Heiterkeit war um so größer, je lustiger die Gesichter bemalt waren.

Die Legionäre zeigten sich als Künstler. Als Farbstoff nahmen sie hell- und dunkelgelben, hell-, dunkel- und rotbraunen Sand; als Flüssigkeit zum Anrühren Wasser aus einem ölig schillernden Drecktümpel und syrische Spucke.

Sie malten gekonnt. Im Handumdrehen sahen die Wächter wie affengesichtige Dämonen der syrischen Unterwelt aus. Die Künstler lehnten die Bemalten gegen die Felswand; zwei links, zwei rechts vom Eingang zur Höhle.

Da verschlug es ihnen das Lachen. Ein Stein traf die Brust des Decurio und warf ihn zu Boden. „Tod den Römern!" schrie ein Mann aramäisch von der Höhe herunter, schwenkte eine Schleuder und verschwand. Hinter dem Felsmassiv wirbelte Sand auf, und ein Reiter galoppierte nach Jerusalem davon.

Der Decurio lag reglos. Die Legionäre beugten sich über ihn und wußten nicht, was sie tun sollten. Es war niemand da, der ihnen befahl. Sie steckten die Köpfe zusammen und tuschelten.

„Dem Schleuderer nachzulaufen ist Unsinn", meinte einer. „Wer kommt schon zu Fuß gegen ein Pferd an?"

„Außerdem lebt der Decurio noch", stellte ein anderer fest. „Er hat geschnauft."

„Wir sollten ihm helfen", schlug ein dritter vor. „Er hat uns nie besonders schikaniert. Wer weiß, wen wir als Decurio kriegen, wenn wir ihn zu den Göttern gehen lassen."

Der Decurio stöhnte.

„Er ist wieder da“, stellte der Legionär fest, der den Schild am Speer getragen hatte.

Der Decurio holte tief Atem, versuchte sich aufzusetzen und sank zurück . . .

Über dem Anmalen und der Aufregung über den Steinschleuderer hatten die Legionäre nicht weiter auf Abram und David geachtet, die in der Höhle verschwunden waren.

Jetzt führten sie die Befreiten heraus. Als erster kam Ruben, der Sohn des Töpfers Jochanaan, dann ein etwa sechzehn Jahre alter Junge aus der Gerbergasse und zum Schluß ein junger Mann aus der Gasse der Weber. Als sie ins Sonnenlicht traten, hielten sie die Hände vor das Gesicht. Ihre Handgelenke waren von groben Stricken aufgeschürft.

„Dafür sollten wir den Dreckskerlen etwas mehr verpassen als nur Farbe auf die Gesichter“, schimpfte ein Legionär.

Abram drängte zur Eile. Er hatte sich von dem Steinschleuderer erzählen lassen und sagte jetzt: „Der Mann ist zu Pferd unterwegs und wird in Jerusalem Alarm schlagen. Dann ist der Teufel los. Für Legionäre, die einen geheimen Auftrag nicht geheim durchführen, hat Pilatus kein Verständnis. Also Abmarsch! Zwei von euch tragen den Decurio auf einem Schild. Oder weiß jemand Besseres?“

„Wieso tragen?!“ protestierte der Decurio und rappelte sich auf. „Die Angemalten in die Höhle!“ befahl er ungnädig. „Wir wollen sie nicht braten.“

Die Legionäre gehorchten dem gewohnten Kommando und fühlten sich bedeutend wohler, weil sie nicht selbst entscheiden mußten.

Daß sich der Decurio so erstaunlich rasch erholt hatte, verdankte er seinem Lederpanzer. Der hatte dem Stein die Wucht genommen.

Jetzt marschierten sie nach Jerusalem zurück. Der Decurio ging an der Spitze, als ob nichts geschehen wäre. Nur David, der an seiner Seite war, merkte, wie der Syrer manchmal stolperte. Wenn David ihn stützen wollte, wurde er angeknurrt, und der Decurio ging schon wieder kerzengerade.

Ihnen folgten Abram und die Befreiten, diesen die Legionäre. Der ungerade letzte Mann trug den Schild wieder an der geschulterten Lanze, hatte den Helm ins Genick geschoben und summte vor sich hin.

Dann erschraken Abram und David, und der Decurio knurrte eine Verwünschung. Mirjam war nicht mehr da, wo sie zurückgeblieben war. Sie riefen nach ihr, und sie antwortete nicht.

„Der Mann auf dem Pferd hat sie als Geisel entführt", sagte David heiser.

„Mirjam?!" rief Ruben.

„Wer ist Mirjam?" fragte der Sechzehnjährige aus der Gerbergasse.

Abram beruhigte die Aufgeregten. Er deutete in den Sand und sagte: „Hier sind keine Spuren, die auf Kampf schließen lassen; und Mirjam hätte sich gewehrt. Ich nehme an, daß sie zurückgelaufen ist, weil sie nicht mit uns zur Höhle durfte. Bei Jochanaan treffen wir sie wieder."

„Weiter!" befahl der Decurio.

Wieder führte David den Trupp in großem Bogen um Joschuas Grab herum. Immer näher kamen die Pfähle von Golgatha, immer heißer brannte die Sonne.

Da sagte David: „Du hast uns geholfen, Decurio, und ich möchte deine Hilfe nicht mit Undank vergelten."

„Der Spaß mit den Wächtern war mir ein Vergnügen", antwortete der Decurio. „Du brauchst mir nicht zu danken."

„Hör mir zu", bat David. „Ich will nicht, daß du für meinen Schwindel bestraft wirst. Den Ring, mußt du wissen,

hab' ich nicht von Pilatus bekommen – und den Befehl auch nicht. Aber ich hab' dich nur angeschwindelt, weil die Entführten nichts Böses getan haben und ihre Angehörigen ebensowenig. Und ich, Decurio – ich bin ein Freund des Rabbi, den ihr gekreuzigt habt."

Der Decurio marschierte weiter, als ob er nichts gehört hätte.

„Na und?" fragte David.

„*Wir* haben ihn nicht gekreuzigt", antwortete der Decurio. „Ich nicht und mein Centurio nicht, das schreib dir hinter die Ohren. Und jetzt mach kein so dämliches Gesicht. Ich weiß, wie du zum Ring des Pilatus gekommen bist."

„Aber – warum hast du dann so getan, als ob du mir glaubtest?" stotterte David.

„Ich wollte euch helfen, doch meine Legionäre nicht mit gefährden", antwortete der Decurio. „Sie können nicht für etwas bestraft werden, von dem sie keine Ahnung hatten. Wenn es zu einer Untersuchung kommt, werden wir – das heißt mein Centurio, du und ich – die Verantwortung übernehmen." Er zuckte die Achseln. „Hoffentlich kommt es nicht soweit. Ich möchte ja Centurio werden."

David wollte vieles fragen; der Decurio befahl ihm zuzuhören.

Was David erfuhr, hätte er vor wenigen Tagen für unwahrscheinlich gehalten. Jetzt hörte und sah er es anders. Was ihm der Decurio erzählte, empfand er als Wunder, das Rabbi Joschua durch den Ring des Pilatus wirkte.

Über das Grab hinaus!

Der Decurio, erfuhr David, gehörte zur Truppe des Centurio, dessen Diener von Rabbi Joschua geheilt worden war. Der Decurio hatte gesehen, wie sich der Sterbenskranke plötzlich gesund und munter erhoben hatte. In Kapernaum war es gewesen, und noch gar nicht lange her. Dann war der

Centurio nach Jerusalem versetzt worden und sein Decurio mit ihm . . .

Gestern hatte Pilatus den Wundertäter Joschua verurteilt, und dem Centurio war es nicht gelungen, seinen Wohltäter mit Davids Hilfe zu retten. Vor Golgatha hatte der Ring des Prokurators die Macht verloren. Jetzt bedeutete er Gefahr für David, wenn Pilatus ihn als Dieb verdächtigte.

Die Pfähle auf Golgatha flimmerten im Sonnenlicht.

David erfuhr weiter, daß der Decurio dem Centurio aus Kapernaum kein gewöhnlicher Untergebener war, sondern Vertrauter und Freund. Er hatte dem Centurio einst das Leben gerettet; nicht in der Schlacht oder bei einem Überfall, bei einem Gastmahl war es gewesen. Dem Centurio war eine Fischgräte im Halse steckengeblieben. Der Arme hatte gehustet, nach Luft geschnappt, ein rotes Gesicht bekommen und war zusammengesunken.

Während die anderen zu allen möglichen Göttern jammerten, hatte der Decurio gehandelt. In der Legion war er Arzthelfer gewesen, bevor er Decurio geworden war. Jetzt erinnerte er sich daran, was der Knochendoktor ihm eingeschärft hatte: „Im Notfall zugreifen, und wenn's mit der Faust ins Maul ist!"

Also hatte er dem Centurio mit Daumen und Zeigefinger in den Rachen gegriffen und Glück gehabt. Die Gräte war am Anfang des Schlundes verquer gelegen. Der Decurio hatte sie zu fassen bekommen und mit einem Ruck herausgezogen. Der Centurio hatte Blut gespuckt, nach Luft geschnappt, war aufgestanden, seinem Lebensretter um den Hals gefallen und hatte ihm versprochen, daß sie von nun an so lange zusammenbleiben würden, wie es die Götter erlaubten.

Von da an besprach der Centurio mit seinem Retter auch Wichtiges, das als geheim galt: die Sache mit David und dem

Ring des Pilatus zum Beispiel; und wie der Plan, Joschuas Leben zu retten, gescheitert war.

Heute, am Sabbat, hatte der Centurio die Streifen eingeteilt, die in und um Jerusalem herum für Ruhe und Ordnung sorgen sollten. Und er hatte „seinen“ Decurio beauftragt, David zu suchen und ihm zu helfen. „Ich habe den Jungen in Gefahr gebracht“, hatte er erklärt, „und möchte nicht, daß er da endet, wo der Nazarener gestorben ist.“

Nun hatte der Ring des Pilatus den Sklaven David zum Decurio geführt – oder den Decurio zu David. Oder war es der Rabbi gewesen, den seine Jünger Messias nannten?

„Ich hab’ von Zauberringen gehört“, sagte der Decurio. „Warum soll der Ring des Pilatus nicht so einer sein?“

Sie näherten sich den Zelten vor der Stadtmauer. In einer Senke ließ der Decurio halten. „Jetzt seht zu, wie ihr ohne uns weiterkommt“, sagte er zu David.

„Und du?“ fragte dieser.

Der Decurio winkte ab. „Um mich und meine Legionäre mach dir keine Sorgen. Hinter mir steht der Centurio, hinter ihm Procula, die Gattin des Prokurators. Der Gott, an den du glaubst, sei mit dir. Und achte auf den Ring. Vielleicht brauchst du ihn wieder.“ Er grüßte, schnarrte einen Befehl und marschierte mit seinen Legionären auf die Zeltstadt zu.

„Danke, Rabbi“, murmelte David.

Abram legte ihm die Hand auf die Schulter. „Der Wundertäter hat ein neues Wunder getan“, sagte er leise.

„Fast glaube ich nicht mehr, daß er gestorben ist“, sagte David.

„Morgen ist der dritte Tag“, antwortete Abram. „Da wird es sich zeigen.“

Der Decurio und seine Legionäre verschwanden zwischen den Zelten.

„Kommt“, sagte Abram zu David und den Befreiten.

Ohne Zwischenfall erreichten sie die Stadtmauer. Da kannte Abram einen verwucherten Durchschlupf, den nur Leute benutzten, die von Gesetzeshütern nicht ertappt werden wollten. Abram kannte ihn aus der Zeit, da er aussätzig gewesen war. Nicht weit dahinter lagen die Töpfer-, die Weber- und die Gerbergasse.

„Der Onkel des Tempelhauptmanns ist entkommen und wird dem Hohen Rat die Befreiung der Entführten melden", sagte Abram. „Wir müssen – zumindest für einige Zeit – aus Jerusalem verschwinden. Jochanaan, seine Kinder und sein Geselle Ephraim sind zur Flucht bereit." Er wandte sich an die Befreiten aus der Gerber- und Webergasse. „Wenn ihr und eure Familien mit uns fliehen wollt, treffen wir nach Einbruch der Dunkelheit am Abfallhaufen zusammen." Er nickte David zu. „Da, wohin ich dich geschleppt hatte, als du grade noch am Leben warst. Sag ihnen, wo es ist."

David sagte es; und der junge Mann und der Junge versprachen, mit ihren Familien zu kommen. Der Sechzehnjährige erkundigte sich, ob auch Mirjam dabeisein werde.

„Bestimmt", versicherte David.

Sie wünschten einander den Frieden und verschwanden nach verschiedenen Seiten.

Abram, David und Ruben liefen über die Dächer. „Hab' ich mich bei euch überhaupt schon bedankt?" fragte der Sohn des Jochanaan im Laufen.

„Bedank dich beim Rabbi", sagte David.

Das begriff Ruben nicht; aber da waren sie auch schon auf dem Dach des Töpferhauses. Und da kam Jochanaan. Er hatte Stimmen gehört und die Falltür so heftig aufgestoßen, daß Ruben und David zur Seite stolperten.

Jochanaan sah den Sohn. Alles andere war jetzt unwesentlich für ihn. Er schloß Ruben in die Arme und schämte sich nicht, daß er weinte.

Ephraim und Judith stiegen herauf.

„Wo ist Mirjam?“ fragte Abram.

Jochanaan gab Ruben frei. „Mirjam?“ wiederholte er erschrocken. „Wieso? – Sie war weg, als ihr gegangen wart. Ich dachte, sie wäre euch nachgelaufen.“

„Sie war bei uns“, erzählte David. „Dann verschwand sie, und wir dachten, sie sei nach Hause gelaufen.“

„O Gott“, stöhnte Jochanaan. „Da habe ich ein Kind zurückbekommen, um ein anderes zu verlieren. – Warum nur? – Warum?“

„Mirjam!“ murrte Ephraim. „Muß sie sich denn immer wieder aufspielen! Wozu hab’ ich zwei Esel von einem Ägypter gekauft, der vom Sabbat nichts hält?“ Er stieß Abram an. „Hinter der Mauer stehen sie versteckt. Meister Jochanaan hat sie mit Vasen bezahlt, die er vergraben hatte.“

„Ephraim gab die Hälfte seiner Ersparnisse dazu“, sagte der Töpfer.

Der Geselle meinte, daß das nicht der Rede wert sei. Dabei sah er Judith bewundernd an.

„Die Möbel und den Herd werden sie zerschlagen, wenn sie morgen wiederkommen“, sagte Judith. „Herd und Möbel lassen sich ersetzen. Was wir für die nächste Zeit brauchen, ist gepackt.“

„Und Mirjam?“ fragte Jochanaan.

„Ich werde sie suchen, Vater“, versprach Judith. „Sie spielt wieder einmal die Beleidigte, das ist nichts Neues. Sie verkriecht sich, um uns angst zu machen.“ Judith lächelte. „Ich kenne ihre Schlupfwinkel. Bis es dunkel wird, finde ich sie.“

„Ich geh’ mit“, sagten David und Ephraim.

„Ich auch“, sagte Ruben.

„Ich mag auch mitspielen“, quengelte der kleine Samuel

und rieb sich die Augen. Er war eingedöst, von den Stimmen auf dem Dach geweckt worden und die Treppe heraufgeklettert.

„Gehen wir hinunter", sagte Jochanaan. „Wir haben unsere Flucht nicht vorbereitet, um sie über die Dächer zu posaunen."

Sie stiegen die Treppe hinab.

Und da war Mirjam.

Sie stand vor der Küche, wedelte mit einem Kopftuch und sagte: „Da bin ich wieder. Und das da hab' ich euch mitgebracht."

„Mirjam!" riefen Jochanaan, Ephraim, Ruben, Abram und David.

„Was hast du mir mitgebracht?" fragte der kleine Samuel. „Ist es zum Spielen?"

„Also sind wir wieder beisammen", sagte Judith.

„Hattet ihr Angst um mich?" fragte Mirjam. Sie blinzelte David zu: „Du auch?"

Jochanaan trat auf sie zu, seine Miene verhieß nichts Gutes. Mirjam wich zurück. „Nein, Vater!" rief sie. „Du wirst mich doch nicht – schlagen?"

Jochanaan ließ die Hände sinken. „Mit einer Züchtigung werde ich den Sabbat nicht entweihen", sagte er mühsam beherrscht. „Aber denk daran, Mirjam, daß du Rubens Befreiung beinahe zunichte gemacht hättest. Ohne dich wären wir nicht weggegangen. Und morgen früh hätten alle, die noch in diesem Hause gewesen wären, für deinen Leichtsinn büßen müssen." Dann zog er Ruben wieder an sich.

Was für ein Sabbat

Sie standen stumm, die Stille bedrückte. Nicht einmal Samuel redete. Er schielte von einem zum anderen, sah in ernste Gesichter und zog eine Schnute.

Dann schluchzte Mirjam.

Samuel lief zu ihr und faßte sie an der Hand. „Du mußt nicht weinen“, sagte er. „Und was du mir mitgebracht hast, das mag ich. Am liebsten möcht' ich ein Pferd – ein richtiges, nicht so eins wie den Ephraim.“

Dann wunderte er sich, daß die Großen lachten, wo er doch nichts Dummes gesagt hatte. Und Mirjam lachte dem Ephraim so richtig ins Gesicht. Dabei war er gar kein so schlechtes Pferd gewesen, der Ephraim.

„Was hast du mitgebracht, Mirjam?“ fragte Jochanaan.

Sie gab ihm das Kopftuch. „Das da, Vater. Es gehörte dem Mann, der den Stein auf den Decurio schleuderte und dann davonritt. Aus meinem Versteck heraus hatte ich ihn beobachtet. Als er an mir vorbeihetzte, verlor er sein Kopftuch, und ich sah seine Glatze. Er hatte es so eilig, daß er weiterritt, als er das Kopftuch verlor. Dann hob ich es auf und lief nach Hause.“

„Weil du beleidigt warst, daß wir dich nicht mitgenommen hatten“, brummte Abram. „Da wolltest du uns mit Schreck bestrafen.“

„Du hast uns allen Kummer gemacht“, sagte Vater Jochanaan.

„Warum überlegst du nicht, bevor du etwas tust?“ fragte Judith.

„Du hast es nötig, die Strenge zu spielen!“ fauchte Mirjam.

„Gib mir das, was du mir mitgebracht hast!“ rief der kleine Samuel und zerrte an Mirjams Kleid. Sie stieß ihn weg. „Laß mich in Ruh’!“ fuhr sie ihn an.

Samuel verkrümelte sich beleidigt und rächte sich auf seine Art. Er verschwand in die Küche. Dort lagen die Bündel, die Jochanaan und seine Leute auf der Flucht mitnehmen wollten. Auf Mirjams Bündel lag ein kleines Stoffkamel. Mirjam hatte es von einer Tante geschenkt bekommen, und es war ihr Talisman geworden. Mirjam glaubte, daß es ihr gutgehen werde, solange sie es besaß. Das hatte sie Samuel einmal verraten, und er hatte ihr versprechen müssen, zu keinem Menschen davon zu reden. Die anderen hätten es als sündhaften Aberglauben verurteilt. Samuel wußte, wie sehr Mirjam an dem Kamelspielzeug hing.

Jetzt riß er es auseinander und verstreute die Fetzen auf dem Fußboden. Dann trampelte er darauf herum, wurde müde, lehnte sich an Ephraims Packen und schlief ein . . .

In der Wohnstube sagte Jochanaan: „Das Kopftuch weist den Reiter als Angehörigen einer vornehmen Sippe aus; die Glatze verrät den Onkel des Hauptmanns der Tempelwache. Als Anführer des Schlägertrupps hatte er sich einen falschen Bart ins Gesicht geklebt und eine Perücke übergestülpt. Deshalb erkannte ich ihn nicht.“

Ruben, die anderen Geiseln und Mirjam hatten ihn ohne Bart gesehen; die Geiseln im Versteck, in das sie verschleppt worden waren; Mirjam, als er die Flucht ergriffen hatte. Da war ihr sein Kahlkopf aufgefallen.

Ruben berichtete, wie er und die anderen Geiseln in die Grabhöhle gebracht worden waren und was er aus der Unterhaltung der Entführer aufgeschnappt hatte. Sicher war, daß der Anführer des Trupps, der in der Töpfer-, Weber- und Gerbergasse so wüst gehaust hatte, der Onkel des Hauptmanns der Tempelwache war und zu den Händlern gehörte, die Joschua aus dem Vorhof des Tempels vertrieben hatte. Jahr für Jahr spendete er ein Zehntel seines Gewinns für wohltätige Zwecke.

„Er und seine Leute werden morgen wiederkommen", sagte Jochanaan. „Widerstand wäre sinnlos. Also müssen wir fliehen. Wie lange wir fortbleiben, steht in Gottes Hand. Zu ihm wollen wir beten."

Sie hoben die Hände.

„Hilf uns – Rabbi", flüsterte David. Da war es ihm, als sei jemand hinter ihn getreten. Er wandte sich um, doch da stand niemand.

„Sobald es dunkel ist, beladen wir die Esel und brechen auf", bestimmte Jochanaan. „Unterwegs nehmen wir die Leute aus der Weber- und Gerbergasse mit, falls sie uns erwarten. Wir gehen nach Osten. Wenn Gott der Herr uns gnädig ist, läßt er uns zu Simon Petrus und seinen Freunden kommen."

Mit einem Aufschrei entweihte Mirjam den Sabbat. Judith, David und Ephraim liefen zu ihr.

Mirjam war in die Küche gegangen, um nach ihrem Bündel zu sehen, hatte den zerfetzten Talisman gesehen und aufgeschrien. Judith hielt sie zurück, sonst hätte sie Samuel geschlagen. Der Kleine war über dem Schrei erwacht und hielt die Hände vor das Gesicht. „Mirjam will mich verhauen", jammerte er.

David beruhigte ihn.

Abram und Jochanaan waren langsamer nachgekommen, und Jochanaan murmelte: „Was für ein Sabbat."

Schluchzend erklärte ihnen Mirjam, daß sie nicht mitkommen werde. Ihr Stoffkamel sei zerfetzt, da würde ihr die Flucht nur Unheil bringen.

„Sei nicht albern", sagte Judith.

„Ich bleibe zurück", trotzte Mirjam. „Geht ohne mich!

Und nehmt bloß den Giftzwerg mit!“ Sie wies auf Samuel, kniete nieder und sammelte die Fetzen ihres Talismans auf.

Auch David versuchte, sie umzustimmen. „Sei vernünftig“, bat er. „Wir mögen dich, und ohne dich gehen wir nicht fort.“ Dabei sah er zu Judith hinüber. Sie nickte ihm zu.

Mirjam hatte die Blicke beobachtet und drehte durch. „Ich bleibe!“ rief sie zornig, warf sich über ihr Bündel und drückte die Fetzen ihres Talismans an sich.

Das gefiel dem kleinen Samuel. Er legte sich auf ein anderes Bündel und strampelte auch so mit den Beinen wie Mirjam. Doch ihn beachtete niemand.

„Was für ein Sabbat“, murmelte Ephraim, schielte auf Judith und seufzte. Sie blinzelte schon wieder dem David zu.

„Ich mach' euch was zu trinken“, sagte Judith. Abram erbot sich, ihr zu helfen. „Ich versteh' ein bißchen was davon, Getränke schmackhafter zu machen“, behauptete er. Judith war einverstanden.

Abram bat Jochanaan, David und Ephraim, im Wohnraum zu warten. Dort fanden sie Ruben in tiefem Schlaf. Er lag auf dem Fußboden und schnarchte.

Ephraim beugte sich über ihn. „Laß ihn“, sagte Jochanaan. „Solange er schläft, sammelt er Kräfte. Die wird er bald brauchen.“

Sie setzten sich um den Tisch.

David starrte vor sich hin. Er versuchte einen Sinn in dem zu finden, was gestern und heute geschehen war. Es gelang ihm nicht. Zu viel war über ihn, seinen Rabbi, die Familie des Töpfers und ganz Jerusalem hereingebrochen, zuviel auf einmal. Und was für einen Sinn hatte es, daß Pilatus den Rabbi verurteilt und sich dann die Hände in Unschuld gewaschen hatte? – Und wenn der Rabbi Gottes Sohn war – warum hatte er sich dann kreuzigen lassen? „Warum, Rabbi?“ murmelte David unwillig.

Dann fiel ihm ein, daß morgen „der dritte Tag“ war. Und es fiel ihm wie Schuppen von den Augen.

Ja, dachte er, da wird er von den Toten auferstehen; das ist viel mehr, als wenn er seine Feinde auf dem Weg nach Golgatha zerschmettert hätte. Was er morgen wohl mit ihnen tun würde?

David fühlte, daß er angestarrt wurde. Es war kein guter Blick. Das Gefühl für verstohlene Blicke hatte er während seiner Sklavenzeit bekommen. Es hatte ihm schon einige Male geholfen. Zweimal war er schweren Silberbechern ausgewichen, die betrunkene Gäste des Pilatus nach ihm geworfen hatten; dreimal hatte er sich rechtzeitig vor Steinen geduckt, die fanatische Judäer gegen den Sklaven der Römer schleuderten; einmal war er im letzten Augenblick dem Hieb eines Mitsklaven ausgewichen, der ihm Proculas Gunst neidete . . .

Jetzt spürte er den Blick des Gesellen. Er sah auf und fragte: „Willst du mich schlagen, Ephraim?“

„Wie-wieso?“ stammelte der Schwächliche und schielte zur Seite.

„Was soll das?“ fragte Jochanaan unwillig. „Wieso schlagen? Heute ist Sabbat, da gibt es nichts Böses in meinem Hause.“

„Doch!“ keuchte Ephraim, und plötzlich brach es aus ihm heraus: „Es ist Böses da an diesem Sabbat! Böses für Passah, Böses für Judith und Böses für mich!“ Er schüttelte die Faust gegen David. „Der Böse ist der da!“

„Ich?“ fragte David erschrocken.

„Du!“ zischte Ephraim.

„Schluß damit!“ befahl Jochanaan. „Haltet Frieden.“

Der Geselle war viel zu aufgeregt, als daß er schweigen konnte. „Friede, Meister?“ begehrte er auf. „Nein! Und jetzt muß es heraus! Seit Jahren plag’ ich mich bei dir ab, weil ich hoffte, eines Tages zur Familie zu gehören." Wieder schüttelte er gegen David die Faust. „Da kommt dieses Bürschchen in dein Haus, macht Judith schöne Augen, und ich, der gutmütige Narr, bin abgeschrieben! Wär' er doch bei Pilatus geblieben, der Römerknecht!"

„Ephraim!" rief Jochanaan streng.

„Glaub nicht, Meister, daß ich nur die Werkstatt erben wollte", trotzte der Geselle. „Ich hab' sie nämlich lieb, die Judith – sehr lieb. Und elf Jahre sind kein großer Unterschied. Da dachte ich . . ." Er unterbrach sich, fuhr sich über die Stirn und sagte tonlos: „Meine Hoffnung war töricht. Ich hätte mit den anderen Gesellen davonlaufen sollen."

„Hör zu, Ephraim", bat David.

„Halt den Mund!" fuhr ihn der Schwächliche an. „Ich hab' gesehen, daß sie dich mag. Hol dich der Teufel!"

Jochanaan hob die Hände. „Lasset uns beten", sagte er heiser. Damit beendete er den Streit und Schlimmeres.

David und Ephraim senkten die Köpfe, und Jochanaan murmelte Psalmenverse, die König David vor langer Zeit zu Gottes Ehre gedichtet und gesungen hatte.

Mit gesenkten Köpfen funkelten Ephraim und David einander an. Jochanaans Gebete beruhigten sie nicht. Auch David wurde wütend.

Ruben schlief weiter.

Dann kam Abram zurück und meldete, daß sie mit Einbruch der Dunkelheit aufbrechen könnten. Mirjam mache keine Schwierigkeiten mehr. Sie schlafe und werde vor Mitternacht nicht aufwachen.

„Hast du sie betäubt?" fragte Jochanaan gereizt. „Ich hasse Gifte, die den Willen lähmen."

Abram beruhigte ihn: „Ich träufelte ihr einige Tropfen Arznei in den Tee, den Judith sie trinken ließ. Die Arznei ist unschädlich. Sie vergiftet nicht, sie schenkt nur Schlaf und gute Träume. Als ich unter den Aussätzigen war, nahm sie ihnen die Angst vor dem Sterben und die Schmerzen, die dem Tod vorangehen. Wenn Mirjam erwacht, wird sie friedlich sein."

Judith brachte einen Krug und Becher auf einem Tablett.

„Euch habe ich keine Arznei beigemischt", scherzte Abram. „Dafür ist sie mir zu kostbar." Er goß sich ein und trank zuerst.

„Und Samuel?" erkundigte sich Ephraim.

„Schläft neben Mirjam", antwortete Judith, „ganz ohne Medizin."

Ephraim und David lächelten ihr zu, fixierten einander, bissen die Zähne zusammen und starrten vor sich hin.

„Trinkt", bat Judith.

Sie tranken, dann zerschlugen sie Kanne und Becher. Das war das Zeichen, daß sie ihren Entschluß, das Haus noch heute zu verlassen, nicht rückgängig machten.

Jochanaan, Ephraim und Judith vergruben Wertvolles, das sie nicht mitnehmen konnten, im Hof. Zwei große silberne Leuchter waren darunter, kostbare Erbstücke aus einer Zeit, da ein Urahn des Jochanaan der Vertraute eines Königs gewesen war. Zurück blieben auch schweres Kupfergeschirr und Kunstwerke, die der Meister aus Ton geformt und so gut versteckt hatte, daß sie den Häschern entgangen waren. Fremde Sachverständige, die dann und wann vorbeigekommen waren, hatten dafür viel Silber bezahlt, manchmal sogar Goldstücke. Sorgsam in Kisten verpackt, verschwanden die Kostbarkeiten in der Erde. Ephraim triumphierte, daß *er* dabeisein durfte und nicht der Sklave der Römer. Und schon hoffte er wieder.

Mit Einbruch der Dunkelheit beluden sie die Esel. Zwischen den Packsäcken des einen wurde Mirjam festgebunden, auf dem anderen der schlafende Ruben. Auch Samuel war nicht wach zu bekommen. Ephraim nahm ihn auf den Rücken.

Die Leute aus der Weber- und Gerbergasse warteten am Abfallhaufen. Sie hatten zwei Kamele mitgebracht und drei Maultiere. Zwei Knaben und zwei Mädchen in Samuels Alter saßen auf den Kamelen in Tragkörben und dösten vor sich hin. Der schlafende Samuel fand auf einem Maultier Platz.

Die Leute aus der Weber- und Gerbergasse bedankten sich, daß Jochanaan sie mitnahm. Sie hofften wie er, bald mit Simon Petrus zusammenzutreffen, dem Nachfolger des Messias. Wenn Joschua morgen von den Toten auferstand, wie er prophezeit hatte, würde Simon Petrus seine Freunde zum Auferstandenen führen, und alle Not würde ein Ende haben.

Jetzt wanderten sie ostwärts in die Wüste.

Ganz andere Gedanken gingen Ephraim durch den Kopf. Was dann, wenn David den Ring des Pilatus nicht mehr hätte? überlegte er aufgeregt. Der Ring bedeutet Macht! Wenn *ich* ihn . . .

Ephraim dachte nicht weiter. Er kniff die Augen zusammen und lächelte. Das Lächeln war böse.

Der Nachthimmel stand voller Sterne.

In der Burg Antonia meldete der Centurio aus Kapernaum dem Prokurator Pontius Pilatus und der edlen Procula, daß der verschwundene Sklave David noch immer nicht gefaßt worden sei.

Procula atmete auf. Der Centurio nickte ihr verstohlen zu, und sie verstand ihn. Das Nicken bedeutete, daß der Junge in Sicherheit war – vorläufig wenigstens.

„Dein Decurio ist also ohne den Ausreißer zurückgekommen", stellte Pilatus fest.

„Jawohl, Prokurator“, antwortete der Offizier.

Pilatus trank einen Schluck Wein, dann meinte er: „Das ist zwar eine Schlamperei deiner Leute und ein Armutszeugnis für die römische Besatzungsmacht – doch wenn ich es recht überlege, bin ich nicht böse darüber. Der galiläische Sklave hat den judäischen Hitzköpfen einen Streich gespielt.“ Pilatus schmunzelte. „Der Onkel des Tempelhauptmanns beschwerte sich über eine Gefangenenbefreiung. Ich gönne sie ihm, ich konnte ihn von Anfang an nicht ausstehen.“ Pilatus zuckte die Achseln. „Ich werde sämtlichen Göttern danken, wenn ich dieses schreckliche Land verlassen darf.“

„Jawohl, Prokurator“, sagte der Centurio, nur um zu antworten.

Pilatus musterte ihn. „Du weißt nicht zufällig, welche unserer Legionäre bei der Befreiung von drei Gefangenen des Hohen Rates geholfen haben? – Oder waren es Anhänger des Nazareners in römischen Uniformen?“

„Ich war nicht dabei, Prokurator“, erklärte der Centurio wahrheitsgemäß. „Den Sklaven David sah ich zum letztenmal, als er die Schüssel wegtrug, nachdem du Joschua von Nazareth verur ...“ Da verschlug es ihm den Atem. Wie gebannt starrte er auf den Ring an der Hand des Statthalters. Es war ein goldener Ring; und das Bildnis darauf der Kopf des Tiberius!

„He, Centurio“, tadelte Pilatus. „Was ist los mit dir? Ich sehe es nicht gern, wenn Männer in meiner Gegenwart träumen. Also?“

„Der Ring des Kaisers“, murmelte der Centurio und ärgerte sich, daß ihm keine bessere Antwort eingefallen war.

„Du hattest gemerkt, daß ich den Ring nach Joschuas Verurteilung nicht mehr am Finger trug, wie?“ lauerte Pilatus.

„Jawohl“, antwortete der Centurio, und er betete in Gedanken: Hilf mir, Messias, daß er mich nicht weiter nach David fragt!

Pilatus hob den Ring ins Licht. „Das ist der echte“, erklärte er spöttisch. „Wenn ich vor aufgehetzten Menschenmassen erscheine, stecke ich mir eine Nachbildung an. Sie ist aus Gold wie der echte Ring und diesem täuschend ähnlich. Ich möchte mir das Geschenk des Kaisers von aufrührerischem Gesindel nicht abnehmen lassen.“ Er lachte. „Der Kaiser und seine Vertrauten erkennen den echten Ring an einem Geheimzeichen. Sollte ihnen jemand den unechten zeigen, den ich nach Joschuas Verurteilung verloren habe, dann täuscht er unwichtige Leute. Doch wehe ihm, wenn er an einen Vertrauten des Kaisers gerät.“

„Das ist gut, Prokurator“, murmelte der Centurio.

Pilatus winkte ab. „Irgendwie gefällst du mir“, meinte er nachdenklich, „auch wenn du zu den Anhängern des Gekreuzigten gehörst. Sprich nicht dagegen, ich habe von dem Wunder gehört, das der Nazarener an deinem Diener gewirkt haben soll. Übrigens verehren auch gebildete Leute diesen Joschua.“ Er verneigte sich gegen Procula. „Meine Gemahlin zum Beispiel.“

Procula überhörte den Spott. „Allerdings“, gab sie zu.

Der Centurio bat, sich entfernen zu dürfen.

Da sagte Pilatus Unerwartetes. „In zehn Tagen verläßt ein Schiff den Hafen von Cäsarea. Es bringt Aufständische als Sklaven nach Rom. Ich ernenne dich zum Kommandanten der Wachmannschaft. Du darfst deinen Decurio und dessen neun Legionäre zusätzlich mitnehmen. In Rom werdet ihr besondere Aufgaben zugewiesen bekommen. Dazu gebe ich dir einen Brief an einen Freund mit. Alles klar?“

„Alles klar, Prokurator“, antwortete der Centurio. „Wann sollen wir nach Cäsarea aufbrechen?“

„Übermorgen“, befahl Pilatus, „mit Sonnenaufgang. Ich möchte euch so schnell wie möglich aus Jerusalem weghaben.“

„Zu Befehl!“ schnarrte der Centurio erleichtert, grüßte militärisch, verneigte sich vor Procula, machte kehrt und klirrte davon.

„Danke, Pilatus“, flüsterte Procula.

„Ach was“, brummte er. „Ich hab' ein schlechtes Gewissen, das weißt du. Und warum soll ich wegen eines Propheten oder was er sonst gewesen ist, auch noch einen römischen Centurio, einen Decurio und neun Legionäre bestrafen – und deinen David dazu?“ Er ließ sich noch einmal Wein einschenken, trank und schimpfte: „Warum sind sie bloß so fanatisch, wenn es um ihren Glauben geht!“

„Danke, Pilatus“, sagte Procula noch einmal.

„Bedank dich bei deinem Propheten“, knurrte der Prokurator. „Und wenn er das ist, was du denkst, dann soll er endlich aufhören, mir Vorwürfe zu machen! Was kann ich denn noch mehr tun, als seine Anhänger den Eiferern nicht auszuliefern?“

„Er wird dir verzeihen“, sagte Procula.

Pilatus brauste auf. „Mir verzeihen?! – Also bitte!“

„Du hast ihn verurteilt, obwohl er unschuldig war“, sagte Procula. „Das weißt du, und kein Wasser wäscht es weg.“ Sie legte ihm die Hand auf die Schulter. „Daß du jetzt seinen Jüngern beistehst, wird er dir anrechnen.“

Pilatus leerte den Becher, verschluckte sich und hustete.

„Du bist nicht so, wie du dich gibst“, sagte Procula. „Ich kenne dich besser.“

„Danke, Decurio“, sagten die neun Legionäre, als ihnen ihr Anführer den Befehl zur Reise nach Rom überbracht und erklärt hatte, daß sie erstens wegen der Gefangenenbefreiung keine Strafe erwarte und zweitens Rom eine wunderbare Stadt sei, in der syrische Legionäre wie Götter lebten ...

„Danke, Centurio", hatte der Decurio zu seinem Hauptmann gesagt. „Danke, Messias", der Centurio, als er wieder allein war.

In dieser Nacht schliefen viele Leute in Jerusalem unruhig oder gar nicht, und manche träumten schwer.

Am Morgen, der dem Sabbat folgte, bebte wieder die Erde. In drei kurzen Stößen nur, doch sie dröhnten wie Hammerschläge eines Giganten und rissen schwerste Steine aus ihrem Gefüge.

Und es war keine Wolke am Himmel, und die Sonne schien.

Er ist auferstanden

Die Flüchtlinge aus der Töpfer-, Weber- und Gerbergasse waren bis zum Morgengrauen durchgewandert und in die Nähe des Jordantales gekommen. Es war ein mühseliger Marsch durch Sand und über Geröll gewesen.

Von Simon Petrus und seinen Freunden keine Spur.

Dann wachte Mirjam auf. Rasch begriff sie, daß sie betäubt und entführt worden war – ohne ihren Talisman! Da schrie sie, band sich los, sprang vom Esel und wollte weglaufen.

David allein hätte sie nicht zurückhalten können, da half ihm Ephraim.

Mirjam bekam das heulende Elend. Sie warf sich in den Sand und schluchzte zum Gotterbarmen.

Auch Ruben erwachte. Er fand es aufregend, auf der Flucht zu sein.

Die zu Fuß gegangen waren, spürten die Müdigkeit in allen Knochen. Die Leute aus der Weber- und Gerbergasse forderten eine Rast.

Im Dunst, der über dem Fluß und dem Nordufer des Salzmeeres lag, war eine Siedlung zu erkennen. Abram riet davon ab, dort auszuruhen. Was dann, wenn Feinde des Messias im Dorf lebten?

David erklärte sich bereit, ein sicheres Versteck zu suchen.

„Ich begleite dich", sagte Ephraim.

„Warum?" fragte David überrascht.

Ephraim zuckte die Achseln, und sie gingen. Die anderen streckten sich da aus, wo sie gestanden waren. Auch Esel und Kamele legten sich nieder.

Mirjam war friedlich geworden. Der Sechzehnjährige aus der Gerbergasse setzte sich zu ihr, grinste sie an und sagte: „Wenn du normal bist, find' ich dich in Ordnung."

„Ich dich nicht", gab sie betont freundlich zurück.

Der Junge lachte. „Ich heiße Jona", sagte er. „Ich finde es toll, eine Entführung, eine Gefangenschaft, eine Befreiung aus einem Grab und eine Flucht durch die Wüste zu erleben. In zwei, drei Jahren schließ' ich mich den Freiheitskämpfern an, die gegen die Römer losschlagen. Wie findest du das?"

„Angeber", brummelte Mirjam und ärgerte sich, daß er ihr gefiel – nicht so richtig – nur ein bißchen. Sie schielte ihn von der Seite her an – und der Widerling merkte es!

„Wenn du schief guckst, verdrehst du die Augen wie ein

zu kurz angehängter Esel, der zum Futter möchte und nicht kann", stellte er fest. Er sagte es ganz ernsthaft; gerade deshalb klang es besonders gemein – fand Mirjam. Sie knurrte gereizt und spreizte die Finger zu Krallen.

Jona packte ihre Handgelenke und hielt sie fest. „Ich hab' gesehen, wie du dem David nachgeguckt hast", spottete er. „Dabei ist der nur halb so hübsch wie ich."

Mirjam wehrte sich wütend. Jona packte fester zu. Zähneknirschend gab sie auf.

„David ist ein entlaufener Sklave, der dem Prokurator einen Ring geklaut hat", redete Jona weiter. „Das hab' ich mitbekommen, weil ich nicht nur Augen, sondern auch Ohren hab'. Wenn David gefaßt wird, nützt ihm dein Anhimmeln gar nichts." Jona schrieb ein Kreuz in die Luft. „Du weißt, was mit diebischen Sklaven geschieht."

„David hat dich befreit, du Mistkerl!" fauchte Mirjam.

„Richtig", gab er zu. „Er hat mich aus dem Grab geholt. Dafür bin ich ihm dankbar – aber du gefällst mir trotzdem." Er lachte sie an. „Außerdem hat sich David in deine Schwester verguckt."

„Halt den Schnabel!" fauchte Mirjam.

Jona lachte. „Aber es stimmt doch, Mädchen. Und weil deine Schwester dem David schöne Augen macht, ärgert sich der Ephraim."

Mirjam zappelte plötzlich nicht weiter, sie lächelte sogar. „Du meinst, Jona, daß wir beide zusammenpassen könnten?" fragte sie und zwinkerte ihm zu.

„Selbstverständlich", antwortete er. „Wenn mein Vater sich zur Ruhe setzt, erbe ich die Gerberei."

„Falls du nach Jerusalem zurückkehrst", warf Mirjam ein.

„Das wird schon bald sein", versicherte Jona. „Wenn nicht, gerben wir woanders. Gerber werden überall gebraucht."

„Weicht ihr nicht Tierhäute in Urin ein?" fragte Mirjam.

„Das weißt du doch", antwortete er. „Wir holen ihn in Fässern ab, die wir in den Gassen aufgestellt haben. Urin ist für Gerber genauso wichtig wie für Wanderhirten getrockneter Mist zum Feuermachen."

„Das hast du schön gesagt", sagte Mirjam.

Den kaum verhüllten Spott merkte Jona nicht. „Wirklich?" fragte er geschmeichelt und gab ihre Hände frei.

Mirjam stand auf und strahlte ihn an. „Ich mag Wanderhirten nicht besonders, weil sie nach Mist riechen", sagte sie liebenswürdig. Und zuckersüß fuhr sie fort: „Aber so einen wie dich, mein Lieber, den mag ich überhaupt nicht."

Dann bekam er einen Stoß, der ihn zurückwarf. Bevor er sich aufrappelte, war Mirjam davongelaufen.

„Na warte, du Biest!" schimpfte er ihr nach. Dann setzte er sich und spuckte in den Sand. Einige Leute hatten zugesehen und schmunzelten. Wie sehr er sich ärgerte, wollte Jona ihnen nicht zeigen. Er spuckte noch einmal, rupfte einen verdorrten Grashalm aus und kaute darauf herum.

David und Ephraim entdeckten ein verwittertes Gemäuer. Vor dem Verfall war es ein Wohnhaus mit Stallungen gewesen, das zeigten die Ruinen.

„Hier ist Platz für uns alle", stellte David fest.

Ephraim schüttelte den Kopf. „Für dich ist da kein Platz", sagte er. „Du bist mein Feind."

„Red keinen Unsinn", murmelte David unwillig.

Ephraim ballte die Fäuste. „Laß Judith in Ruh'", keuchte er böse, „sie gehört mir! Du wirst jetzt verschwinden und nie mehr wiederkommen, hörst du? – Also verschwinde!"

Mehr als Ephraims Zorn ärgerten David die Worte und der Ton. „Ich soll verschwinden?" spottete er bissig. Und der Zorn ließ ihn sagen, was er besser verschwiegen hätte:

„Ich weiß, daß Judith *mich* mag! Sie würde mich auch mögen, wenn *du* den Ring des Pilatus hättest!“ Dann besann er sich, schüttelte den Kopf und sagte versöhnlich: „Warum sind wir bloß so böse zueinander, Ephraim?“ Und er hielt dem Gesellen die Hand entgegen.

Ephraim lächelte, streckte die rechte Hand aus – und schlug mit der linken Faust zu. Im Fallen spürte David den zweiten und dritten Hieb. Dann traf ihn ein Stein, und er fühlte nichts mehr.

Da bebte die Erde in drei mächtigen Stößen.

Dann war Ruhe, als ob nichts gewesen wäre.

„Wo ist David?“ fragten die anderen, als Ephraim allein zurückkam.

Ephraim erzählte, daß David und er einen Unterschlupf gefunden hätten. „Groß genug für Männer, Frauen und Kinder, für Esel und Kamele“, scherzte er mühsam. David sei zurückgeblieben.

Abram erkundigte sich, ob das Versteck weit entfernt liege. „Du bist lange weggeblieben, Ephraim“, stellte er fest.

Ephraim widersprach ihm. „Aber nein, Abram. Zuerst mußten wir die verfallenen Gebäude untersuchen. Dann bebte die Erde, und es fielen Steine aus den Mauern. Die räumten wir weg.“ Er zuckte die Achseln. „Nun ja“, meinte er, „ein Haus ist es nicht gerade, aber für uns taugt es.“ Er lachte. „Oder fürchtet sich jemand vor Gespenstern, die angeblich in Ruinen herumgeistern?“

Sein Lachen ist nicht gut, dachte Judith. Als Ephraim zu ihr herübersah, wich sie seinem Blick aus.

Sein Lachen ist nicht gut, dachten Abram und Jochanaan.

Mirjam war zur selben Zeit wie Ephraim zurückgekommen. Sie lächelte gezwungen, weil sie sich mehr über Jona ärgerte, als sie es sich eingestand. Der Stoß, den sie dem

Frechling verpaßt hatte, ärgerte sie ebenfalls. Da kam ihr Ephraim gerade recht. Ob sich jemand vor Gespenstern fürchte, hatte er gefragt.

„Vielleicht vor dem auferstandenen Joschua?" kicherte Mirjam unüberlegt.

Vater Jochanaan schlug zu. Mirjam schrie auf, hielt sich die Wange und lief zum zweitenmal weg.

Jona holte sie ein. Sie hatte nichts dagegen, daß er sie tröstete. Schluchzend wischte sie sich über die Augen und sagte stockend: „Hoffentlich – ist David – nichts – passiert."

„Hoffentlich", brummte Jona.

Jochanaan befahl den Aufbruch.

Der kleine Samuel war aufgewacht und quengelte, weil er noch müde war. Er beruhigte sich, als er auf dem Esel reiten durfte, den Ruben am Zügel führte.

Es war nicht weit bis zu den verfallenen Gebäuden, doch Ephraim führte sie auf Umwegen hin. Abram und Jochanaan merkten es und schwiegen. Im Schein der Morgensonne sahen die Ruinen wohnlich aus. Das schienen auch die Esel und Kamele zu fühlen. Sie trabten auf die Mauern zu, hinter denen früher die Ställe gewesen waren.

„Besseres haben wir nicht gefunden", sagte Ephraim.

„Wo ist David?" fragte Abram.

Ephraim wies auf die Ruine des Wohnhauses. „Dort müßte er schlafen, wenn er so müde ist, wie er behauptet hat."

David war nicht da.

„Wie müde ist er denn, Ephraim?" fragte Judith.

„Wie meinst du das?" lauerte der Schwächliche. „Und – warum siehst du mich so böse an?"

Judith widersprach ihm. „Ich sehe dich nicht böse an, das bildest du dir nur ein. Und jetzt sag mir, was du David angetan hast."

„Bist du eine Hexe?“ stieß er hervor.

Da galoppierte ein Reiter heran; ein Mann auf einem jener struppigen Gäule, die im Wüstensand schneller waren als Rassepferde der Römer.

„Er ist auferstanden!“ schrie der Reiter schon von weitem. „Auferstanden, hört ihr?! – Auferstanden!! – Auferstanden!!!“

Die Schlucht

David sah mit geschlossenen Augen.

Finsternis war um ihn, und er hörte leises Dröhnen, das wie weit entfernter Donner grollte. Es tat nicht weh, es war nur unangenehm.

Dann leuchtete rötlicher Schimmer, in den Blitze zuckten. Das Feuer vom Himmel beschien drei Pfähle: den linken und rechten undeutlich verschwommen, den mittleren blendend, in blutigem Rot.

Der Donner wurde lauter und schmerzte.

„Aufhören“, murmelte David und versuchte, das Rot wegzuwischen. Die Hände gehorchten ihm nicht. Er wollte sich aufrichten; auch dazu fehlte ihm die Kraft. Nicht einmal die Augen konnte er öffnen.

David erschrak.

Da lag er reglos, sah hinter geschlossenen Lidern blendendes Licht, hörte Donnergrollen und jetzt auch eine Stimme. „Er wird in das Reich des Todes hinuntersteigen“, verkündete sie. Seltsam, daß sich David sofort an den Mann erinnerte, der das gesagt hatte. Es war ein Jünger des Nazareners gewesen, und sie hatten sich über den Rabbi aus Nazareth unterhalten.

„Rabbi“, flüsterte David.

Die Stimme fuhr fort: „Er wird auferstehen am dritten Tag, wie er es vorhergesagt hat.“

Das rote Licht und die Blitze erloschen. Die Pfähle verschwanden im Dunkel, der Donner verrollte, die Stimme schwieg.

Wieder versuchte David, sich zu bewegen, und jetzt schrie er. Schmerz durchzuckte ihn, und er konnte nicht einmal die Augen öffnen. Nur die Stimme gehorchte ihm.

David atmete mühsam. Da lag er mit wachen Sinnen im Dunkel.

Hinuntergestiegen in das Reich des Todes? War es so, wenn ein Mensch tot war?

Der Schmerz wurde unerträglich. Noch schlimmer wurde die Angst vor dem, was hinter dem Dunkel lauerte.

„Auferstanden“, stöhnte David.

Da war wieder ein Dröhnen, leise zuerst, und es klang nicht wie Donner. Es war, als zitterte der Boden.

Aber es war auch kein Erdbeben. Jetzt kam es näher.

Hufschläge im Sand und auf Steinen?

„Rabbi“, murmelte David. „Hilf mir, Rabbi – hilf mir doch.“

Da war eine Stimme, die der Nachhall verzerrte; so, als ob jemand von oben herunter in ein Felsental schrie.

„Erererer istististist aufererererstannndenennennn!“ dröhnte es in Davids Ohren – verklang mit den Hufschlägen – und verstummte in der Ferne.

Sand fiel nieder und brannte, als ob er sich in Wunden legte.

„Es tut weh, Rabbi", stöhnte David. „Aber – wenn du auferstanden bist, Rabbi, dann hilf mir jetzt. – Ich hab' dir doch auch helfen wollen – mit dem Ring des Pilatus, Rabbi."

Da konnte er die Hände bewegen – und erschrak. „Der Ring", flüsterte er tonlos. „Ich – ich hab' ihn nicht mehr, Rabbi – ich hab' ihn nicht mehr."

Mühsam öffnete er die Augen, wischte den Sand vom brennenden Kopf und den zerschrammten Händen, blinzelte nach oben und atmete schwer.

Er lag in einer Schlucht, wie es so viele in der judäischen Wüste gab. Sie war eng, zu beiden Seiten stiegen Felswände fast senkrecht in die Höhe. Über David war dorniges Gestrüpp, das selbst in dieser Öde noch Nahrung fand. An der einen Wand waren die Sträucher abgebrochen und weggerissen.

David ahnte, daß er diesem Gestrüpp die Rettung verdankte. Als er von der Höhe gestürzt – oder gestürzt worden war, hatte er die Sträucher mit in die Tiefe gerissen, war darauf gefallen – und hatte überlebt.

Jetzt konnte er sich aufsetzen.

„Danke, Rabbi."

Auf die Füße kam er nicht. Sooft er es versuchte, warf ihn stechender Schmerz zurück.

Ich habe mir die Beine gebrochen, durchfuhr es David. Mit gebrochenen Beinen komm' ich da nicht raus.

Wer sollte hier helfen?

„Ephraim!" stöhnte David. „Ich hab' dir die Hand gereicht, und du hast zugeschlagen. – Warum, Ephraim?"

Er blinzelte in das schmale Stückchen Himmel über der Schlucht.

Ob Abram nach ihm suchte?

Oder alle zusammen?

Vielleicht auch Ephraim, um keinen Verdacht aufkommen zu lassen? Oder um die anderen in eine falsche Richtung zu führen?

David rief um Hilfe. Er wußte, daß es unsinnig war. Trotzdem schrie er so lange, bis er keinen Ton mehr aus der Kehle brachte.

Rabbi!

Da fiel ihm ein, daß er nicht unbedingt auf zwei Beinen aus der Schlucht hinausgehen mußte. Vielleicht ging es mit Kriechen?

Er drehte sich auf den Bauch, biß die Zähne zusammen – stützte sich auf die Hände . . .

Bitte, Rabbi!

Langsam zog er die Beine an, um auf die Knie zu kommen; zuerst das linke Bein, dann das rechte.

Es gelang!

Die Beine sind nicht gebrochen! jubelte David stumm. Es sind nur die Knöchel oder die Füße. Danke, Rabbi!

Da fiel ein Stein von der Höhe herunter, prallte auf, hüpfte zweimal und blieb liegen. David nahm ihn als Zeichen. Auf Händen und Knien kroch er in die Richtung, die der Stein ihm wies. Die Schmerzen wurden erträglich.

Und da war Judith.

Sie kam aus einem Seitenarm der Schlucht.

„Judith", flüsterte David.

Sie sah ihn an, stellte keine Frage und verband ihm den Kopf mit ihrem Schultertuch. „Ich hole Abram", sagte sie dann. „Ich allein kann dich nicht wegbringen."

Er nickte.

Sie half ihm, sich gegen die Felswand zu lehnen, strich ihm über den Kopf und verschwand.

David schloß die Augen. Die Grimasse, die er schnitt, sollte ein Lächeln sein.

Wunder

„Er ist auferstanden!" rief der Reiter, der auf den Töpfer Jochanaan und dessen Leute zugaloppierte, noch einmal. „Auferstanden!!" Er ließ die Zügel los, fuchtelte mit den Armen, verlor vor Begeisterung das Gleichgewicht und fiel in den Sand. Das Pferd wieherte erschrocken und galoppierte davon.

„Haltet es auf!" jammerte der Reiter.

Jona und Ruben liefen hinterher. Der kleine Samuel wollte mit, blieb bald zurück und setzte sich. Im Sand hatte er flimmernde Steinchen entdeckt. Die waren viel schöner, als einem Gaul nachzurennen.

Abram half dem Gestürzten auf die Beine. Der Mann hatte Prellungen abbekommen, sonst war ihm nichts weiter zugestoßen. „Wenn die Jungen mein Pferd nicht gleich zurückbringen, leiht mir einen Esel oder ein Kamel", bat der Reiter. „Ich muß zu Simon; es eilt!"

„Zu Simon Petrus?" erkundigte sich Jochanaan.

„Zu wem denn sonst", stöhnte der Reiter ungeduldig. „Ich muß ihm sagen, daß er auferstanden ist. Ihr habt es doch gehört; ich hab' es laut genug geschrien."

„Wer ist – auferstanden?" stammelte Ephraim.

„Joschua!" fuhr ihn der Reiter an. „Wer denn sonst! Joschua von Nazareth, den sie gekreuzigt hatten!"

„Der Messias", sagte Judith.

Der Reiter nickte ihr zu. „Ja, der Messias. Du scheinst die einzige Vernünftige hier zu sein, Mädchen." Er hob die Hände zum Himmel auf. „Mit seiner Auferstehung beweist er, daß er Gottes Sohn ist. Nun wird er das Reich der Gerechtigkeit errichten und seine Getreuen belohnen. Simon Petrus muß sofort nach Jerusalem zurückkehren und den Auferstandenen empfangen, wie es einem König gebührt. Und alle, die an ihn glauben, sollen dabeisein."

„Das werden sich die Römer kaum gefallen lassen", meinte ein Mann aus der Webergasse.

„Und der Hohe Rat auch nicht", warf ein Gerber ein.

„Die Römer und der Hohe Rat?" spottete der Reiter. „Joschua wird sie verjagen, wie er die Händler aus dem Tempel gejagt hat."

„Meinst du, daß er Schuldige – bestrafen wird?" fragte Ephraim heiser. Dabei sah er sich um, als fürchtete er, daß plötzlich jemand auftauchen könnte, dem er nicht begegnen wollte.

Bevor der Reiter antworten konnte, sagte Judith: „Ich habe dich beobachtet, Ephraim. Du hast ein schlechtes Gewissen. Wenn der Reiter erzählt hat, werde ich dich fragen."

Ephraim schluckte.

„Bis dann“, sagte Judith und ging zu den anderen. Die hatten den Boten von Ephraim abgedrängt und fragten ihn aus.

Hinter einem Hügel tauchten Ruben und Jona auf. Sie führten das Pferd am Zügel.

„Erzähl schon!“ drängten die anderen den Reiter.

„Aber nur so lange, bis die Jungen mit dem Gaul da sind“, sagte dieser. „Dann muß ich zu Simon weiter.“

„Weißt du, wo du ihn findest?“ erkundigte sich Jochanaan.

Der Reiter nickte. „Aber ja. Ich bin sein Freund. Mir vertraute er an, wo er die erste Zuflucht sucht.“

„Warst du dabei, als der Messias aus dem Grabe stieg?“ fragte Abram.

„Nein“, sagte der Reiter. „Ich hörte es von den Frauen.“ Und er berichtete, was er gehört hatte. Je länger er redete, desto stärker bewegte ihn das Wunder, dessen Zeugen andere gewesen waren. Er erzählte weiter, als Ruben und Jona das Pferd zurückgebracht hatten und der kleine Samuel vom einen zum anderen lief, um seine Glitzersteinchen zu zeigen. Als ihn niemand beachtete und die Großen nur dem Mann zuhörten, der vom Pferd gefallen war, ging der Kleine schmollend weg und warf mit den Steinchen nach einem gefährlichen Drachen. Dieses Ungeheuer war ein vertrockneter Baumast im Sand. Bei jedem Treffer rief Samuel: „Hat ihn!“ und klatschte dazu in die Hände.

Der Reiter aus Jerusalem erzählte so begeistert, daß alle das Wunder miterlebten.

Heute morgen war es gewesen. Kurz nach Sonnenaufgang waren drei Frauen zu Joschuas Grab gegangen: Maria von Magdala, Salome und Maria, die Mutter des Jüngers Jakobus. Sie gingen, um den Toten zu salben, wie es die Sitte gebot.

Und Maria von Magdala fragte: „Wer wird uns den Stein vom Eingang wälzen? Die Wächter des Hohen Rates werden es bestimmt nicht tun."

Da bebte die Erde in drei mächtigen Stößen. Die Frauen erschraken und überlegten, ob sie umkehren sollten. Als kein Erdstoß mehr folgte, gingen sie weiter – und erschraken schon wieder. Von da, wo das Grab lag, rannten vier Tempelwächter heran.

Die Frauen sprangen vom Weg und versteckten sich hinter Gesträuch. Ihre Angst war unnötig. Die Tempelmänner rannten vorüber und verschwanden in Staubwolken.

Als die Frauen dann zum Grab kamen, war der Stein zur Seite gerollt; die Höhle stand offen. Da faßten sie Mut, gingen in das Grab hinein und sahen dort zwei Männer in glänzenden Gewändern.

„Engel", flüsterte Salome.

Und einer fragte: „Wen sucht ihr hier?"

„Joschua", antwortete Maria von Magdala, „den Gekreuzigten."

„Warum sucht ihr den Lebendigen bei den Toten?" fragte der zweite Mann. „Er ist auferstanden, wie er es prophezeit hat. Geht und sagt es den Jüngern."

Da kamen Furcht und Freude über die Frauen, und sie liefen aus dem Grab hinaus. Als sie sich noch einmal umwandten, war der Glanz erloschen.

Da eilten sie nach Jerusalem und sagten es denen, die um Joschua trauerten.

„Und sie beauftragten mich, zu Simon zu reiten und ihm die frohe Kunde zu bringen", schloß der Bote aus Jerusalem. „Ich bin Simons Freund und besitze das schnellste Pferd."

„Die Frauen waren sehr mutig", sagte Jochanaan.

„Gewiß", gab der Reiter zu. „Wann wären judäische Frauen in Gefahren nicht mutig gewesen. Außerdem waren sie diesmal nicht so gefährdet wie Männer. An Frauen vergreifen sich die Feinde des Messias noch nicht."

„Wieso traust du uns?" fragte Abram. „Könnten wir nicht Feinde sein?"

Der Reiter lachte, sprang in den Sattel und antwortete: „Ihr und Feinde des Messias? – Aber nein! Vor Feinden hätte mich der Auferstandene durch eine innere Stimme gewarnt. Statt dessen ließ er mich mitten unter euch vom Pferd fallen."

„Nimm mich mit zu Simon", bat Jochanaan.

„Mich auch!" riefen andere.

Der Reiter winkte ab. „Wozu? Kehrt nach Jerusalem zurück, dann seid ihr vor Simon Petrus dort. Oder wartet hier, bis ich mit ihm vorbeikomme." Er hob die Hand. „Friede mit euch."

Das Pferd trabte an, ohne daß der Reiter es antrieb, und fiel in Galopp. Kurz darauf verschwand es in einer Senke.

Die Leute aus der Gerber- und Webergasse drängten zum Aufbruch. „Zurück nach Jerusalem!" riefen sie. Und eine Frau aus der Webergasse schwärmte: „Der Messias wird wieder so in die Stadt einziehen wie kurz vor seinem Tode. Diesmal werden ihm Tausende zujubeln, und er wird Pilatus und alle Römer aus Jerusalem vertreiben. Da möchte ich dabeisein!"

Das wollten andere auch.

Abram gebot Ruhe. „Dem Pilatus sagte Joschua, daß sein Reich nicht von dieser Welt sei", wandte er ein.

„Was soll das heißen?" fragte jemand unwillig.

„Das soll heißen, daß Joschua denen, die an ihn glauben, das Himmelreich verspricht und nicht das irdische Judäa", antwortete Abram. „Warten wir ab, bevor wir in irdische Kerker geworfen werden."

Unwilliges Gemurmel kam auf, und ein Mann fragte:

„Woher weißt du denn, was Joschua über sein Reich gesagt hat?“

„Von David“, sagte Abram. „Er war in der Nähe, als der Messias dem Pilatus antwortete.“

„David!“ rief Mirjam.

„David“, sagte Jochanaan und wandte sich um. „Hör mal, Ephraim, du warst mit ihm zusammen. Was . . .“ Er redete nicht weiter.

Ephraim war verschwunden. Er antwortete nicht, als sie nach ihm riefen. Verschwunden war auch Judith. Niemand hatte gemerkt, wie sie davongegangen war.

Und den Leuten aus der Gerbergasse fehlte ein Kamel.

Dann schrie der kleine Samuel, weil er sich einen Dorn in den Fuß getreten hatte.

„Was für ein Morgen“, seufzte Jochanaan.

Da kam Judith zurück. „David braucht dich, Abram!“ rief sie von weitem.

„Wartet, bis wir zurückkommen“, bat Abram die anderen.

„Soll ich mitgehen?“ fragte Jochanaan.

„*Ich* geh' mit!“ rief Mirjam.

„Du kümmerst dich um Samuel“, bestimmte Abram. „Rede ihm gut zu und verbinde ihm den Fuß.“ Dann legte er Jochanaan die Hand auf die Schulter. „Sorg dafür, Freund, daß niemand in sein Unglück rennt“, warnte er eindringlich. „Bleibt hier, bis wir zurückkommen.“

Als Jochanaan nickte, nickten die anderen mit.

Abram ging mit Judith.

„Es ist nicht weit“, sagte sie, „aber er hat Schmerzen. Er verbeißt sie; ich hab' es trotzdem gemerkt.“

Abram wußte, daß sie von David sprach. „Du magst ihn“, sagte er, „auch wenn du versuchst, es dir nicht anmerken zu lassen.“

Judith lief voraus, um ihm nicht antworten zu müssen. Was ging es Abram an, ob sie David mochte oder nicht!

Er blieb neben ihr, auch als sie schneller lief. Und er schnaufte nicht einmal! Dabei war er vor wenigen Tagen noch aussätzig, halb verhungert und kraftlos gewesen!

Da war der Abhang, der in die Schlucht fiel. Judith schlitterte hinab, Abram hinterher. In der Hand hielt er den Lederbeutel, den er immer bei sich trug, wenn es Verletzten zu helfen galt.

Dicht neben David kollerten sie auf festen Boden.

Der Junge war bei Bewußtsein. „Danke, Judith", murmelte er mühsam.

„Ich bin Abram", verbesserte dieser. „Du mußt sehr viel Sand in den Augen haben, daß du mich mit einem Mädchen verwechselst."

David drückte sich von der Felswand ab, versuchte aufzustehen und knickte zusammen.

Judith stützte ihn. „Sei vorsichtig", warnte sie. „Bleib ruhig, bis Abram dir hilft."

David schloß die Augen und lächelte.

„Er mag dich auch", flüsterte Abram dem Mädchen zu.

Judith zuckte die Achseln.

„Schon gut", sagte Abram. „Ich verrat' es ihm nicht." Er tastete David ab. Der Junge stöhnte, Judith kniff die Daumen ein.

„Es ist ein Wunder", meinte Abram. „Er ist heil geblieben, nichts ist gebrochen. Beim Sturz hat er sich die Fußknöchel verrenkt, das ist alles. Die blauen Flecken zählen nicht weiter. Die Verrenkungen kann ich einrichten, aber es wird weh tun."

„Mach schon", stöhnte David.

Auf Abrams Wink trat Judith hinter den Verletzten und hielt ihn fest. Abram packte Davids linken Fuß.

Ein Ruck! Der Junge schrie auf und wurde ohnmächtig. Den Ruck am rechten Knöchel spürte er nicht mehr.

Abram nickte zufrieden. „Es ist gutgegangen", stellte er fest. „Die ausgerenkten Knochen sind in die Gelenke zurückgesprungen. Eine Zeitlang wird er Schmerzen haben, und seine Füße werden anschwellen. Die überdehnten Sehnen brauchen Zeit, sich zusammenzuziehen." Er holte Lederriemen aus seinem Verbandsbeutel und schnürte die Fußgelenke fest ein. Dann verband er Davids Kopfwunde kunstgerecht. „Ein Stein", sagte er. „Das Blut ist nicht weiter schlimm. Alle Kopfverletzungen bluten stark."

„Hab' ich ihn falsch verbunden?" fragte Judith unsicher.

Abram beruhigte sie. „Aber nein. Ich habe ihm nur einiges aufgelegt, das die Wunde schneller vernarben läßt. Wie du siehst, hab' ich dein Schultertuch wieder verwendet."

Judith guckte auf ihre Fingerspitzen, David schnaufte.

„Na also", sagte Abram. „Er hält einiges aus." Dann schmunzelte er und meinte: „Steine scheint er zu bevorzugen. Den von der Stadtmauer hat er auch überstanden. Was denkst du, wer da dabei war?" Er lachte. „Ich!"

David murmelte Undeutliches. Nur zwei Worte waren gut zu verstehen: „Warum – Ephraim?"

„Dacht' ich mir's", brummte Abram.

„Du denkst doch nicht, daß Ephraim den David – in die Schlucht gestoßen hat?" fragte Judith entsetzt. „Ich weiß, daß sie einander nicht mögen, aber – einen Mord trau' ich Ephraim wirklich nicht zu. Außerdem ist er ein Schwächling."

„Haß macht Schwache stark", wandte Abram ein, „manchmal nur für kurze Zeit, doch die genügt." Er zuckte die Achseln und fragte: „Wie kamst du dazu, David *hier* zu suchen?"

Judith wies zum Himmel. „Als der Reiter aus Jerusalem

gekommen war, kreisten Geier dort oben", sagte sie. „Und Ephraim hatte kein gutes Gesicht. Da lief ich zu der Schlucht, über der die Aasvögel kreisten. Und ich fand David."

„Warum soll sich der Herr nicht auch der Tiere bedienen", meinte Abram versonnen. Er gab David zu trinken. Das Wasser in der Lederflasche war warm. David schluckte, und es belebte ihn. Er blinzelte ins Licht, erkannte Judith und lächelte ihr zu.

„Ich trage dich", sagte Abram.

David winkte ab. „Wenn mein Rabbi hilft", murmelte er, „dann – hilft er richtig, weil er – auferstanden ist."

„Woher weißt du von seiner Auferstehung?" fragte Abram.

David deutete nach oben. „Dort war eine Stimme – und es dröhnte die Erde."

„Der Reiter aus Jerusalem", sagte Judith.

David biß die Zähne zusammen und stand mühsam auf. „Nicht!" bat er, als Abram und Judith ihm helfen wollten. Er taumelte einige Schritte vorwärts, stützte sich an der Felswand ab, verschnaufte, blieb stehen und sagte: „Er hat *richtig* geholfen."

Dann ging er, ohne zu stolpern – dann aufrecht – und dann schritt er aus.

„Deine Lederriemen stützen ihn gut", flüsterte Judith dem Abram zu.

Er widersprach ihr: „Es sind nicht nur die Lederriemen. Es ist ein neues Wunder. Das erste geschah, als er den Sturz in die Schlucht überlebte."

David ging zwischen Judith und Abram, als ob er niemals abgestürzt wäre. Durch seinen Kopfverband drang kein Blut mehr.

Er erzählte, und kein Haß redete aus ihm. „Ephraim war

verzweifelt, als er mich niederschlug“, sagte er ruhig. „Ich hätte mich vorsehen sollen. Daß er mich in die Schlucht geworfen hat, glaub’ ich nicht. Es muß ein Unfall gewesen sein. Ephraim ist kein Mörder.“

Als sie zu den anderen zurückkamen, wanderten drei Männer vom Toten Meer heran. Sie stützten sich auf lange Stöcke und gingen gebückt, als ob sie sehr müde wären.

Jochanaan legte die Hand über die Augen und erkannte sie. „Es sind Simon Petrus“, sagte er, „sein Bruder Andreas und Matthäus, der Zöllner.“

Ephraim

Wo war Ephraim?

Judith hatte ihm das schlechte Gewissen angesehen und mit Fragen gedroht, sobald der Reiter aus Jerusalem zu Ende erzählt hatte.

Dann, hatte Ephraim überlegt, würden sie David suchen, ihn finden – und dann?

Alle würden an Mord glauben. Nach uraltem Gesetz wurden Mörder gesteinigt. Wer wußte schon, ob die barmherzige Lehre des Gekreuzigten so tief in den Leuten aus der Töpfer-, Gerber- und Webergasse verwurzelt war, daß sie an ihm, dem Ephraim, Barmherzigkeit übten?

Steine gab es hier im Überfluß . . .

Das ging Ephraim durch den Kopf, als die anderen dem Reiter zuhörten. Und er überlegte weiter: Judith wird kaum für mich reden, weil David sie behext hat. – Und umbringen lass' ich mich nicht einmal für sie. Jetzt ist es mein gutes Recht, mich für meine Arbeit bei Jochanaan zu belohnen. „Es ist sowieso zuwenig", brummte er vor sich hin. „Judith kann mir keiner bezahlen."

Ein Kamel, überlegte er, trägt mehr als ein Esel. Er nahm sich vor, es bei der erstbesten Gelegenheit zurückzugeben.

Niemand bewachte die Tiere. Ephraim stahl ein Kamel, führte es aus dem Versteck, zwang es in die Knie und stieg auf. „Hoo!"

Er war kein guter Reiter. Das Tier hätte ihn beinahe abgeworfen, als es sich erhob. Dann schlug der Schaukelgang auf den Magen. Ephraim war zum Erbrechen zumute. „Schneller!" keuchte er verbissen. „Hoo – hoooo!"

Das Kamel griff aus. Der schwankende Paßgang wurde zum wiegenden Galopp.

Je näher Ephraim der Stadt Jerusalem kam, desto mehr Menschen begegneten ihm. Doch wer achtete schon auf einen Kamelreiter, der zu Passah unterwegs war.

Um das Grab, in dem Joschua bestattet worden war, schlug er einen Bogen. Schon von weitem hatte er die Leute gesehen, die um die Grabhöhle herumstanden, und jene, die aus der Stadt heraus zum Grabe strömten. Die Auferstehung schien sich herumgesprochen zu haben. Nun wollten sich Gläubige und Neugierige überzeugen.

Ephraim spürte Würgen in der Kehle. Jetzt kam es nicht mehr vom Reiten. Er ballte die linke Faust. Am kleinen Finger steckte der Ring des Pilatus.

Ephraim atmete auf. Der Ring gab ihm Sicherheit. Daß er nur am kleinen Finger steckte, machte nichts aus. Der kleine Arbeitsfinger eines judäischen Töpfergesellen war so dick wie der Mittelfinger eines Römers, der Arbeit nur vom Hörensagen kannte.

„Hoooo, Kamel!“

Dicht vor Jerusalem genoß es Ephraim, so hoch zu sitzen. Das Gedränge im Zeltlager und dann vor dem Stadttor war so beängstigend, daß er zu Fuß kaum durchgekommen wäre.

Zum Passahtrubel war das Gerücht von Joschuas Auferstehung gekommen. Tempelwächter und römische Legionäre, die Ordnung schaffen sollten, wurden hoffnungslos eingezwängt. Immer mehr Menschen strömten von den Hügeln herunter und aus den Tälern heran, und immer lauter wurde der Ruf: „Er ist auferstanden!“ Wenn ein Rufer von Joschuas Gegnern niedergeschlagen worden war, schrien andere um so lauter.

Kaum zu glauben, daß sie ihn am Freitag genauso stürmisch ans Kreuz gebrüllt haben, dachte Ephraim.

Das Kamel brach ihm Bahn. Vor seinem unwilligen Grunzen wichen auch arge Schreihälse zurück. Hinter dem Stadttor drängte es von selbst aus der Menge hinaus.

„Brav“, lobte Ephraim und ritt in die Gasse der Töpfer.

Sie lag wie ausgestorben. Drei, vier Leute verschwanden in ihren Häusern, als sie Ephraim erblickten. Als er einen Mann anrief, drohte ihm der und verschwand ebenfalls.

Ephraim spürte einen bitteren Geschmack auf der Zunge, und ein unbestimmtes Gefühl warnte ihn. Er hob die linke Hand und knurrte: „Ich hab’ den Ring!“

Da war Meister Jochanaans Haus.

Ephraim pfiff durch die Zähne. Das Kamel blieb stehen, ohne daß er es zügelte.

Grellrote Buchstaben waren an die Hauswand geschmiert:

SABBATSCHÄNDER!
GOTTESLÄSTERER!
STEINE AUF EUCH!!

Wahrscheinlich von Tempelmännern, dachte Ephraim und sah sich vor. Er ließ das Kamel niederknien, stieg ab, schlang die Zügel um den Torpfosten und huschte ins Haus.

Werkstatt, Küche, Stube und Kammern waren verwüstet worden, kein Mensch ließ sich blicken.

Ephraim lief in den Hofraum und nickte zufrieden. Da, wo Jochanaans wertvollste Habseligkeiten vergraben lagen, hatten die Barbaren nicht gestöbert.

Ephraim beeilte sich. Unter dem Wust zerrte er Säcke und Stricke hervor, fand eine Spitzhacke und begann zu graben. Daß er so leicht fand, was er brauchte, erschien ihm als gutes Zeichen. Zorn und Schadenfreude gaben ihm Kraft; Zorn über David, Schadenfreude über die Rache. Er, Ephraim, würde wohlhabend sein, während jene, die ihn verstoßen hatten, in Armut weiterlebten.

Auch Judith?

Ja, auch sie! Sie hatte ihn am schwersten verletzt.

Immer heftiger schlug er zu. Bald rann ihm der Schweiß in Augen und Mund.

Da war die erste Kiste. Er wuchtete sie aus der Grube. Sein Gedächtnis ließ ihn nicht im Stich. Ohne langes Überlegen fand er die anderen Verstecke und grub aus, was Gewinn versprach.

Heiß brannte die Sonne in den Hof herunter. Vor Ephraim türmte sich die Beute, und er war am Ende seiner Kräfte. „Es ist mein Arbeitslohn, um den ich mich für euch betrogen hatte, weil ich auf Judith hoffte“, murmelte er vor sich hin. „Verflucht nicht mich dafür, sondern den Sklaven der Römer! Wenn er nicht gekommen wäre, hätte er Judith nicht den Kopf verdreht, und ich wär’ bei euch geblieben.“

Er lief auf die Gasse hinaus, fand das Kamel noch angebunden, entdeckte keinen verdächtigen Menschen und atmete auf. Erleichtert stolperte er in den Hof zurück, wischte den Schweiß aus dem Gesicht, spuckte in die Hände und packte die erste Kiste.

Da wurde er selbst gepackt und weggerissen.

Bewaffnete Tempelmänner waren plötzlich um ihn und hielten ihn fest. Er war so erschrocken und entkräftet, daß er nicht einmal versuchte, sich zu wehren. „Es gibt keine Gerechtigkeit", murmelte er tonlos.

„O doch", spottete einer der Tempelleute. Ephraim erkannte ihn an der Stimme. Der Mann war am Freitag auch hiergewesen, als sie Ruben entführt hatten. „Gerechtigkeit für dich gibt es auf jeden Fall", höhnte der Tempelmann. „Du gehörst zu den Frevlern, die am Sabbat Gefangene des Hohen Rates befreiten und den geheiligten Tag auch noch zur Flucht benutzten!"

Ein anderer deutete auf die Kisten, Säcke und Stricke. „Das hast du für uns ausgegraben, Sabbatschänder." Er lachte. „Dafür werfen wir drei Steine weniger auf dich."

Die anderen lachten mit.

Ephraim wollte sich verteidigen – ein Fausthieb verschloß ihm den Mund.

„Sobald du uns das Versteck deiner Mitverschworenen verraten hast, kommst du in die Grube", sagte der Anführer. „Das ist die Strafe, die der Hohe Rat verhängen darf, ohne die Römer zu fragen. Es kann schnell vorüber sein oder lange dauern. Wie schnell oder wie lange, hängt davon ab, ob du uns sofort antwortest oder nicht."

„Laßt mich los", gurgelte Ephraim, fuhr sich mit der Zunge über die Lippen und bäumte sich auf. „Oder – fürchtet ihr einen Unbewaffneten, den ihr – zu sechst – überfallen habt?"

„Zu siebt", spottete der Anführer und gab ein Zeichen.

Ephraim stand frei.

„Nun?" fragte der Tempelmann.

„Ihr werdet mich – nicht steinigen“, sagte Ephraim mühsam, weil ihm die geschwollenen Lippen das Sprechen erschwerten. Ebenso mühsam hob er die Hand und zeigte den Männern den Ring. „Der – Ring – des Pilatus“, stammelte er. „Ich unterstehe – dem Gesetz des Prokurators. Ihr – ihr dürft es nicht brechen!“

Der Anführer riß ihm den Ring vom Finger und betrachtete ihn genau. Die anderen streckten die Köpfe vor.

„Gold“, stellte der Anführer fest, „mit dem Kopf des Tiberius.“ Er ließ den Ring in der Sonne blitzen, dann fuhr er Ephraim an: „Woher hast du ihn?!“

„Ich unterstehe dem Gesetz des Kaisers“, stieß Ephraim hervor, und es war mehr Angst als Drohung in seiner Stimme. „Ihr habt kein Recht, mich – auszufragen.“

„Bindet ihm die Hände auf den Rücken“, befahl der Anführer.

Ephraim wehrte sich verzweifelt. Ein Schlag machte ihn friedlich. Halb benommen spürte er, daß ihm die Hände gebunden wurden, und hörte undeutlich, was der Anführer weiter befahl: „Das Kamel wird mit allem beladen, was dieser Dummkopf ausgegraben hat. Als Eigentum von Sabbatschändern und Gotteslästerern ist es beschlagnahmt.“

„Für wen beschlagnahmt, bitte?“ fragte einer der Männer.

Der Anführer lachte. „Erstens“, antwortete er, „geht es dich nichts an. Zweitens solltest du nicht so dumm fragen. Drittens ist es ganz sicher nicht für dich bestimmt.“

Mehr bekam Ephraim nicht mit. Grobe Fäuste stießen ihn auf die Gasse hinaus. Undeutlich sah er, wie neugierige Köpfe in den Nachbarhäusern verschwanden. Er stolperte über einen Stein, fiel, wurde in die Höhe gerissen und weitergedrängt. Niemand kam ihm zu Hilfe.

Die Sonne schmerzte. Mauern und Wände zu beiden Seiten der engen Gassen strömten Backofenhitze aus. Fliegen schwirrten um Ephraims Kopf.

Auf einem Seitenpfad zerrten und stießen die Wächter ihren Gefangenen den Tempelberg hinauf. Nur wenige Leute begegneten ihnen. Niemand fragte nach dem Gefesselten. Wozu auch? Passah war ein Freudenfest. Der Verhaftete war bestimmt ein verworfener Übeltäter, sonst würden ihn Bewaffnete des Hohen Rates nicht gebunden zum Hauptmann der Tempelwache bringen – oder gar zum Hohenpriester?

Mit jedem Schritt, den Ephraim bergan stolperte, stiegen die Mauern des Tempels drohender vor ihm auf. Und das Jubeln der Menschen, die zu den Haupttoren strömten, dröhnte ihm wie Gelächter in den Ohren.

Wenige Schritte vor der Mauer verließ ihn die Kraft. Er kippte um. Weder Stoßen noch Zerren half ihm auf die Beine.

Die Wächter hoben den Ohnmächtigen auf und trugen ihn vor den Hauptmann der Tempelwache. Der Anführer erstattete Bericht und reichte dem Hauptmann den Ring des Pilatus. „Das Kamel mit dem, was der Gefangene ausgegraben hat, kommt später nach“, meldete er.

„In Ordnung“, sagte der Hauptmann. „Damit können wir die Händler, die dieser Joschua aus dem Tempel vertrieben hat, ein wenig entschädigen.“

„Gewiß“, stimmte der Anführer zu und zwinkerte mit den Augen. „Gehörte nicht auch dein Onkel zu denen, die der Nazarener verscheuchte?“

„Was erlaubst du dir!“ fuhr ihn der Hauptmann an.

„Verzeih“, bat der Vorlaute erschrocken. „Ich wollte dich nicht beleidigen.“

Der Hauptmann trat zum Fenster und hielt den Ring in die Sonne. Der Tiberiuskopf schimmerte im Licht.

Ephraim stöhnte.

„Sorgt dafür, daß er reden kann“, befahl der Hauptmann.

Ein Wächter verschwand, um kaltes Wasser zu holen.

Es war nicht nötig. Ephraim kam zu sich, bevor er begossen wurde. Und er fragte, was fast jeder fragt, der aus einer Ohnmacht erwacht. „Wo bin ich?“ fragte er.

Die Wächter lachten.

„Du bist im Tempel“, sagte der Hauptmann. „Wer bist du?“

„Ephraim, Geselle des Töpfermeisters Jochanaan“, antwortete der Gefangene. „Ich wollte es nicht – bei Gott dem Allwissenden, ich wollte es nicht! Es war ein Unfall – oder . . .“ Er stöhnte, sank zurück und schwieg.

Zwei Wächter stellten ihn auf die Beine, ein dritter ließ ihn Wasser trinken.

„Oder?“ fragte der Hauptmann lauernd.

Ephraim besann sich krampfhaft, dann murmelte er: „Der Wille des Satans. – Ich wollte ihn nicht töten – das schwöre ich!“

„Wen?“ stieß der Hauptmann nach.

„David“, stöhnte Ephraim, „den Sklaven des Pilatus – oder seiner Gattin. Da – da kenn’ ich mich nicht so aus.“

„Und das da?“ fragte der Hauptmann und hielt ihm den Ring vor die Augen.

„Er gehört mir“, behauptete Ephraim.

Der Hauptmann lachte. „Was du nicht sagst.“ Er steckte den Ring zu sich, tippte den Gefangenen an und spottete: „Du würdest dich nicht mehr lang an ihm freuen. Für Sabbatschänder – und du bist doch einer? – und für Gotteslästerer – und du gehörst doch zu den Anhängern des Gekreuzigten? –, also für Sabbatschänder und Gotteslästerer gibt es eine Grube vor der Stadt, nicht weit von Golgatha entfernt.“

Ephraim begriff, daß ihm die Steinigung drohte. Da nahm

er allen Mut zusammen und keuchte: „Ich unterstehe dem Gesetz des Kaisers. Nur der Prokurator darf mich verhören. Das beweist der Ring, auch wenn du ihn mir weggenommen hast." Er schluckte, unterdrückte das Zittern, holte tief Atem und fuhr fort: „Wenn ich heute verschwinden sollte, Hauptmann, wird Pilatus dir unangenehme Fragen stellen." Er zuckte die Achseln, quälte sich ein Lächeln ab und starrte die Wand an.

„Du hast ein loses Maul, Sabbatschänder", spottete der Hauptmann, „aber ich hör' dir die Angst an."

Da wurde er unterbrochen. Drei Tempelwächter stießen einen jungen Mann herein, der sie mit kräftigen Ausdrücken beschimpfte.

„Was soll das?" fragte der Hauptmann unwillig.

Bevor es die Wächter melden konnten, schüttelte sie der junge Mann ab, rieb sich die Hände und höhnte: „Das soll heißen, daß ich und meine Freunde auf euch Angeber pfeifen. Und daß wir uns einen Spaß mit deinen Möchtegernkriegern machen wollten, von denen die meisten genausowenig lesen und schreiben können wie der größte Teil der römischen Legionäre." Er grinste breit. „Kannst du's vielleicht? Mancher, der kommandiert, soll ja auch nicht viel im Kopf haben."

Der Hauptmann ballte die Fäuste. „Du Hundesohn", zischte er, „du Ratte! Ich kann dich . . ."

Der junge Mann fiel ihm ins Wort: „Selbstverständlich kannst du mich, und ich werde dich nicht daran hindern."

Ein Wächter packte den Spötter am Hals.

„Laß ihn reden", befahl der Hauptmann. „Ich möchte wissen, wie weit er es treibt, bis ich ihn mit dem da", er wies auf Ephraim, „in die Grube schicke. Aufruhr im Tempel ist Lästerung!" Er nickte dem jungen Mann zu. „Sprich weiter, du Maulheld."

Der junge Mann ließ sich nicht einschüchtern. Er lachte dem Hauptmann ins Gesicht. „Ich in die Grube?“ spottete er. „Und ihr schmeißt auf mich?“ Schmunzelnd schüttelte er den Kopf. „Von wem willst du mich denn zur Grube bringen lassen? Vielleicht von deinen Männlein, die heute morgen, als die Erde dreimal den Schluckauf kriegte, von Joschuas Grab davongelaufen sind? Die mir und meinen Freunden dann von einem Engel erzählten, der vom Himmel heruntergeflogen wäre und den Rollstein vom Grab gewälzt hätte, woraus der Nazarener dann lebendig herauskam? Und daß der Auferstandene so gestrahlt hätte, daß deine Helden zuerst wie betäubt gewesen und dann davongelaufen wären?“ Er lachte wieder. „Jetzt freut sich halb Jerusalem über Joschuas Auferstehung. Ich und meine Freunde lärmten mit; nicht aus Überzeugung, Hauptmann, sondern weil uns der Krach Spaß machte. Da brüllte mich ein Tempelwächter an, daß ich das Maul halten solle. Er brüllte ‚Maul‘, nicht ‚Mund‘. Dafür verpaßte ich ihm zwei Ohrfeigen, eine links, die andere rechts. Dann überwältigten mich deine Tapferen zu viert. Ich kriegte gerade noch mit, wie sich meine Kameraden mit anderen Helden herumschlugen. Und weil mich deine vier Sieger für einen gefährlichen Anhänger des Auferstandenen halten, schleppten sie mich zu dir.“ Er zuckte die Achseln. „Ja, Hauptmann, da bin ich. Und wenn du dich nicht noch weiter blamieren möchtest, dann entschuldigst du dich, läßt mich laufen, und ich werde – vielleicht – ein gutes Wort für dich einlegen.“

Das war zuviel für den Hauptmann der Tempelwache. „Was glaubst du denn, wer du bist?!“ schrie er den Spötter an.

Der junge Mann grinste. „Ich weiß, wer ich bin“, sagte er ungerührt, „und gleich wirst auch du es wissen. Daß ich Judäer bin, hörst du mir an. Ein bißchen Ägyptisch stiehlt sich manchmal dazwischen. Das kommt daher, daß ich mit ein paar Freunden im Ausland studiere; genauer gesagt in Ägypten, ganz genau in Alexandria. Zum Passahfest hat uns mein Onkel nach Jerusalem eingeladen, und wir sind gekommen. In der letzten Zeit war's in Alexandria ziemlich langweilig." Er grinste noch breiter. „Mein Onkel, mußt du wissen, ist ein großer Mann in Jerusalem, und mich hat er ins Herz geschlossen. Vielleicht werde ich sein Nachfolger."

„Und wer ist dieser Onkel, du Maulaufreißer?" fuhr ihn der Hauptmann an.

Die Antwort traf ihn wie ein Keulenhieb: „Der Hohepriester, verehrter Hauptmann. Läßt du mich jetzt zur Grube bringen?"

Eine Weile war Stille. Der Hauptmann strich sich den Bart, die Tempelwächter standen wie Ölgötzen und stierten den jungen Mann an, als ob der ein Gespenst sei. Der eine ließ vor Überraschung den Strick fallen, an dem er Ephraim hereingezerrt hatte. Der Spötter genoß den Triumph.

„Sagst du die Wahrheit?" fragte der Hauptmann endlich. Seine Stimme klang eingerostet.

„Überzeug dich", riet ihm der junge Mann. „Begleite mich zu meinem Onkel. Wie ich ihn kenne, ist er wegen des Auferstehungstumults zu Pilatus gegangen, um römische Unterstützung zu erbitten, wie es so schön heißt. In Jerusalem riecht's nach Aufstand. Mit einem aus dem Grab gestiegenen Messias ist nicht zu spaßen."

Der Hauptmann überlegte, dann entschied er: „Also gut. Wir müssen ja nicht weit gehen, und von Schreihälsen werden wir auch nicht entdeckt."

„Richtig", stimmte der junge Mann spöttisch zu. „Die Burg Antonia ist mit dem Tempel nicht nur durch Treppen, sondern auch durch einen Wehrgang verbunden. Merkst du, daß ich mich auskenne?"

Der Hauptmann schluckte seinen Zorn hinunter und brummte: „Gehen wir!“

Ephraim stöhnte, weil sein Bewacher den Strick aufgehoben und daran gezerrt hatte.

Der junge Mann warf einen Blick auf ihn und fragte: „Wer ist der da?“

„Ein Anhänger des Nazareners“, antwortete der Hauptmann mürrisch. „Meine Männer haben ihn beim Plündern verhaftet. Ich verhöre ihn nachher. Bevor ich ihn in die Grube schicke, wird er mir das Versteck seiner Freunde verraten.“

Ephraim zitterte in Todesangst. In seiner Verzweiflung flehte er den um Hilfe an, von dem es hieß, daß er auferstanden sei. Laß mich nicht unter Steinen sterben, betete er, ohne die Lippen zu bewegen. Ich – ich glaube auch, daß du von den Toten auferstanden bist; ja, das glaube ich.

Und in höchster Angst berief er sich noch einmal auf den Ring des Pilatus.

„Ring des Pilatus?“ wiederholte der junge Mann. „Wo ist er? Und was ist damit?“

Widerwillig sagte ihm der Hauptmann Bescheid.

Das Wunder geschah; Ephraim hielt es dafür.

Der Neffe des Hohenpriesters schlug vor, den Gefangenen mitzunehmen. „Es könnte lustig werden, wenn sich mein Onkel und der Prokurator seinetwegen in die Wolle kriegen“, meinte er respektlos. „Außerdem, verehrter Hauptmann, kannst du nichts falsch machen, wenn sich die zwei um ihn kümmern. Ich werde meinen Onkel bitten, uns zuhören zu lassen. Wenn nicht, horchen wir verstohlen. Einverstanden?“

„Ein guter Vorschlag“, gab der Hauptmann widerwillig zu. „Ich könnte tatsächlich nichts falsch machen – weder dem Hohenpriester noch dem Prokurator gegenüber.“

„Bestimmt nicht“, versicherte der Neffe.

Sie verließen den Wachraum und marschierten über den Wehrgang zur Burg Antonia. In der Mitte des Trupps wankte Ephraim. Er hing am Strick und bemühte sich, mit seinen Wächtern Schritt zu halten. Hin und wieder bewegte er die Lippen. Es sah aus, als ob er „Danke, Messias" flüsterte.

Die römischen Doppelposten am Ende des Wehrgangs erkannten den Hauptmann der Tempelwache und ließen ihn und seine Begleiter passieren.

Der Centurio der Burgwache bestätigte dem Tempelhauptmann, daß der Hohepriester beim Prokurator sei. Dann befahl er einem Decurio, die Besucher zu melden.

Er wird euch Zeichen geben

Der Töpfer Jochanaan ging Simon Petrus, Andreas und Matthäus entgegen. Die anderen warteten gespannt. Jeder fühlte, daß sich Entscheidendes vorbereitete.

Der kleine Samuel behauptete plötzlich, keine Schmerzen mehr in dem Fuß zu haben, in dem der Dorn gesteckt hatte. „Tut überhaupt gar nicht mehr weh!" rief er. Zum Beweis zerrte er den Verband herunter, den Mirjam ihm angelegt hatte. Da war kein Blut, ja nicht einmal eine Einstichstelle. Mirjam wunderte sich. Sie hatte den Dorn doch herausgezogen! – Oder nicht? – Hatte sie es sich nur eingebildet? – Wozu dann der Verband?

Samuel hüpfte und lachte.

Ein Wunder? überlegte Mirjam. Dann schüttelte sie den Kopf. Nein, dachte sie, mit so kleinen Wundern gibt sich der Messias bestimmt nicht ab; wenn er auferstanden ist, schon gar nicht.

Jona kam, nahm ihre Hand, und ihr Zorn auf ihn verflog.

„Uiii!“ rief Samuel, zeigte auf Simon Petrus, Matthäus und Andreas und fragte, warum die drei Männer zu Fuß gingen. „Sie haben Flügel“, behauptete er.

„Dein Brüderchen spinnt“, sagte Jona zu Mirjam. „Oder es träumt von einem Märchen, das ihm jemand erzählt hat.“

Sie stimmte ihm zu. Die drei Jünger hatten bestimmt keine Flügel. Jetzt begrüßten sie Vater Jochanaan, und der tat nicht erstaunt. Das wäre er sicher gewesen, wenn den dreien Federn gewachsen wären.

Dann zuckten auch Jona und Mirjam zusammen. „Siehst du's?“ fragten sie einander. Sie glaubten, zuckende Lichter über den Köpfen der drei Jünger zu sehen; Flämmchen, die wie feurige Zungen aussahen. – Seltsam.

Mirjam und Jona schlossen die Augen, kniffen die Daumen ein – und als sie wieder auf Simon Petrus, Andreas und Matthäus blickten, waren diese ganz normale, staubbedeckte und sehr müde Männer, die sich auf ihre Wanderstäbe stützten und mit Meister Jochanaan heranstapften.

Die kleinen Jungen und Mädchen aus der Weber- und Gerbergasse liefen den Jüngern entgegen, als ob die alte Bekannte wären. Sie hängten sich an Simon und ließen sich ziehen, wie sie sonst den „langen Wurm“ spielten. Jetzt lief auch Samuel zu ihnen und hängte sich hinten an. Die Kinder lachten vergnügt.

„Wir haben uns ebenso getäuscht wie der Kleine“, meinte Mirjam.

„Trotzdem ist es seltsam“, sagte Jona nachdenklich.

Mirjam widersprach ihm nicht.

Vor den Ruinen trafen die Jünger mit Abram, Judith und David zusammen. Die Kinder waren traurig, daß sie den langen Wurm nicht weiterspielen durften.

Simon Petrus, Andreas und Matthäus entboten den Friedensgruß. Da verließen David die Kräfte. Er sank zusammen. Zwei Männer brachten ihn ins Haus. Dort war es kühl. Abram und Judith legten Decken zurecht.

Simon Petrus war ihnen gefolgt. Er legte David die Hand auf, und der Junge schlief ein. „Es ist gut, daß er schläft", sagte Simon.

Andere hatten nachgedrängt. „Hast du magische Kräfte?" fragte eine Frau.

Simon Petrus schüttelte den Kopf. „Aber nein. *Er* hat die Kraft, ich bin nur sein Werkzeug." Er sagte es so versonnen, daß sie nicht zu fragen wagten, von wem er sprach.

Jochanaan erkundigte sich nach dem Reiter aus Jerusalem und den anderen, die mit den Jüngern die Stadt verlassen hatten.

„Sie sind geblieben, wo ihnen keine Gefahr droht", antwortete Simon Petrus. „Der Bote wartet die Dunkelheit ab und reitet erst in der Nacht zurück."

„Wieso Gefahr?" fragte ein Weber. „Ist der Messias nicht auferstanden?"

„Doch", antwortete Simon. „Er ist nicht mehr unter den Toten. Er redete zu mir, bevor der Reiter die Botschaft brachte." Simon lächelte. „Die Flucht aus Jerusalem hatte mich angestrengt. Als wir die Höhlen am Toten Meer erreicht und Freunde, die dort ein Leben der Buße führen, uns aufgenommen hatten, war ich erschöpft zusammengesunken. Ich bin ein schwacher Mensch. Als mir die Augen zugefallen waren, erschien er mir."

Jona verzog das Gesicht. „Im Traum", murmelte er enttäuscht.

„Seit uralter Zeit bedient sich Gott der Herr auch der Traumgesichte, um seine Botschaft kundzutun", sagte Matthäus. Es war der erste Satz, den er hier sprach.

„Er strahlte in hellem Licht", erzählte Simon Petrus. „Und er befahl mir, mit Andreas und Matthäus nach Jerusalem zu gehen, um jene zu trösten, die um ihn trauern. Sie sollen keinen Auferstandenen beklagen. – Ja, das befahl er mir."

„Warum nur die drei?" flüsterte Jona Mirjam zu.

So leise er gesprochen hatte – Andreas, der Bruder des Simon, hatte es gehört. „Wer bist du, daß du zu fragen wagst, warum der Auferstandene etwas befiehlt?!" herrschte er den Jungen an.

„Na hör mal!" trotzte Jona.

„Friede, Friede, Friede", sagte Simon Petrus. „Ich weiß – und nicht erst durch das Traumgesicht –, daß Joschua Gottes Sohn ist. Seine Auferstehung beweist es jetzt."

„Sein Reich ist nicht von dieser Welt", warf Abram ein.

Simon sah ihn an. „Woher weißt du das, Bruder? – Genau das sagte er mir. Und er sagte, daß er nicht mit irdischer Macht über Jerusalem und Judäa kommen werde. Und daß die, die an ihn glauben, verfolgt und gedemütigt würden wie er selbst. Ihren Lohn würden sie im Himmel empfangen – in seinem Königreich, das ewig dauert."

„Auf der sündigen Erde wird es Haß und Verfolgung geben, solange sie besteht", prophezeite Andreas.

„Wir gehen mit euch nach Jerusalem", sagte Jochanaan.

Simon Petrus war dagegen. „Nein, Brüder und Schwestern. Ihr bleibt zurück, bis er euch ruft."

„Wer sich ohne Not in Gefahr begibt, handelt töricht", sagte Matthäus.

„Er wird euch Zeichen geben", versprachen die drei, und sie redeten mit einer einzigen Stimme.

„Wie wollt ihr heimlich nach Jerusalem kommen?" fragte Jochanaan. „Nehmt einen von uns mit, der euch auf Schleichwegen führt."

Simon Petrus lehnte ab. „*Er* wird uns führen", sagte er ruhig, nickte Matthäus und Andreas zu, und sie verabschiedeten sich mit dem Friedensgruß.

Dann schritten sie aus, als ob sie niemals müde gewesen wären.

Das Urteil

Pontius Pilatus war schlecht gelaunt. Die Erdstöße am Morgen hatten ihn aus dem Schlaf gerissen; dann war der Frühtrunk zu stark gewürzt gewesen; und ein Sklave hatte gemeldet, daß das Lieblingspferd des Prokurators ganz plötzlich heimtückischen Durchfall bekommen habe.

Dann war die Marmorbüste des Kaisers Tiberius vom Sockel gestürzt und zerbrochen, ohne daß jemand dagegengestoßen war. Wenn das kein Unheil bedeutete!

Damit nicht genug.

Als Pilatus den kaiserlichen Ring anstecken wollte – den echten –, war der Ringfinger so angeschwollen, daß es nicht ging. Pilatus mußte ihn über den kleinen Finger schieben.

Es waren schlimme Vorzeichen, und es würde ein schlimmer Tag werden! Pilatus war abergläubisch. Am liebsten hätte er sich wieder aufs Lager geworfen und den verwünschten Sonntag verschlafen.

Da kam Procula. Pilatus liebte sie sehr, obwohl sie so schwärmerisch veranlagt war, daß sie diesen Jesus von Nazareth bewunderte und seine Lehre von der Nächstenliebe und der Gleichheit aller Menschen in Ordnung fand.

Procula sah bezaubernd aus.

„Du strahlst ja, meine Liebe", sagte Pilatus und küßte sie auf die Stirn.

Sie strich ihm über den Kopf und flüsterte, als verriete sie ihm ein Geheimnis: „Jetzt ist alles gut, Liebster. Du hast keine Schuld mehr an seinem Tod. Er ist auferstanden." Sie sprach von Jesus, den er verurteilt hatte.

„Auferstanden?" fragte er mürrisch. „Woher hast du den Unsinn?"

Sie wehrte sich gegen das schlimme Wort. Und er erfuhr, was ihr der Centurio aus Kapernaum berichtet hatte; der Offizier, der morgen mit seinem Decurio und neun Legionären nach Cäsarea abgehen sollte.

Pilatus zuckte die Achseln. „Der Nazarener starb am Kreuz, wurde in ein Felsengrab gelegt und die Höhle mit einem Rollstein verschlossen", sagte er unwillig. „Dann stellte der Hohe Rat vier Wächter davor, damit niemand den Toten stehlen und dann behaupten könnte, daß er auferstanden sei. Bis hierher ist alles in Ordnung und natürlich, soweit in diesem verdammten Land überhaupt etwas natürlich sein kann."

„Es ist ein Land voller Geheimnisse", sagte Procula. „Nur aus diesem Lande konnte der Messias kommen."

„Soweit ich es mitbekommen habe, bedeutet das Wort ‚Messias' soviel wie ‚Gesalbter', ‚Erlöser' und ‚Befreier'", spöttelte Pilatus. „Also bitte, Procula: von wem Gesalbter? – Erlöser wovon? – Und Befreier? – Vielleicht von der Herrschaft der Römer?" Er lachte. „Und dieser Messias ließ sich kreuzigen?"

„Er ist auferstanden", sagte Procula.

„Sagt der Centurio aus Kapernaum", spöttelte Pilatus. „Ich bin froh, ihn loszuwerden. Er verträgt das judäische Klima nicht und sieht Gespenster, wo keine sind. Morgen früh geht er mit seinen Leuten nach Cäsarea ab und von dort nach Rom. Ich wünsche ihm eine gute Reise."

„Ich bat ihn, in der Burg Antonia zu bleiben", sagte Procula. „Frag ihn selbst. Dann wirst du aufatmen, denn er hat dir verziehen."

Pilatus brauste auf. „Mir verziehen?! Ich bin der Prokurator von Judäa! Wer maßt sich an, mir zu verzeihen?"

„Er", antwortete Procula, „der Auferstandene. Du solltest ihm dankbar sein."

„Ich ihm?" höhnte Pilatus. „Ein römischer Statthalter einem Gekreuzigten?"

„Dem Auferstandenen", verbesserte Procula.

„Her mit dem Centurio!" befahl Pilatus.

Der Türsteher gab den Befehl weiter, und der Centurio aus Kapernaum trat ein.

„Was soll der Unsinn mit dem Auferstandenen?!" fuhr ihn Pilatus an.

Der Centurio stand stramm und grüßte.

„Steh bequem", sagte Procula freundlich.

„Steh bequem", knurrte Pilatus.

„Zu Befehl", sagte der Centurio und setzte den linken Fuß vor den rechten.

„Berichte Tatsachen", befahl Pilatus, „und rede nicht von Hirngespinsten!" Er lehnte sich zurück, griff nach dem Becher, fand ihn leer, brummte von Schlamperei, stieß den Becher auf den Tisch und schimpfte: „Bei Jupiter, Mars und Vulcanus, fang schon an!"

„Zu Befehl, Prokurator", sagte der Centurio noch einmal und erzählte.

Die erste Episode erheiterte den Statthalter. Kurz nach Sabbatende, berichtete der Centurio, seien vier Tempelwächter in die Stadt geschlichen. Sie hätten verprügelt ausgesehen, und auf ihren Gesichtern seien Spuren von Farbflecken gewesen, als ob sie sich für eine Komödie angemalt hätten. Hinter ihnen sei der Onkel des Hauptmanns der Tempelwache gegangen und hätte auf sie eingeschimpft.

„Das", berichtete der Centurio, „erzählte mir mein Decurio. Der sah die fünf rein zufällig, als er Andenken an Jerusalem kaufen wollte. Wir marschieren ja morgen ab. Kurz nach Sabbatende verkaufen die Händler günstig. Da sind noch nicht viele Leute unterwegs und ..."

Pilatus winkte ab. „Das weiß ich. Du mußt mir auch nicht erklären, wieso dein Decurio die Verklopften und den Onkel erkannte. Er und seine Schlitzohren haben die Tempelbrüder ja eigenhändig ver..." Er unterbrach sich, fixierte den Centurio und sagte: „Deshalb verschwindet ihr ja morgen." Daß er es nicht streng meinte, verriet sein Augenzwinkern. Dann hielt er die Hand vor den Mund, um das Schmunzeln zu verbergen.

Verklopfte und noch dazu angemalte Tempelwächter! – Wenn das kein Spaß war! – Eigentlich nicht übel, diese syrischen Legionäre, dachte Pilatus.

Dann wurde es schon wieder ungemütlich. Der Centurio erzählte von der Auferstehung des Nazareners.

Pilatus hätte ihm am liebsten das Wort verboten, doch etwas hinderte ihn daran. Bloße Neugierde war es nicht, auch kein Spott über den Aberglauben des Centurio, der von drei Frauen erzählte, die in Joschuas Grabhöhle Engel gesehen haben wollten. Es war auch keine Schadenfreude über die Tempelwächter, die vom Grab des Nazareners davongelaufen waren.

„Laß mich in Ruh', Nazarener", murmelte der Prokurator

und kniff die Daumen ein. Daumenkneifen war das Zeichen des Kriegsgottes Mars und half – so sagten dessen Priester – römischen Kriegern gegen die Zaubermächte feindlicher Götter.

Der Centurio hatte mit einer der Frauen geredet. Die Grabwächter seien in höchstem Schreck an ihnen vorbeigelaufen, hatte sie erzählt.

Pilatus schmunzelte in seine trüben Gedanken hinein. Fremde Krieger, die vor irgend etwas davonliefen, bereiteten ihm Vergnügen – flüchtende Tempelmänner erst recht.

Dann hatten diese Helden auch noch von einem Engel gefaselt, der den Stein von Joschuas Grab gerollt, sie geblendet und mit himmlischer Macht davongejagt hätte.

Halb Jerusalem sei in Aufruhr.

Diesmal *für* den, den die aufgeputschten Leute ans Kreuz gebrüllt hatten – und nun auferstanden glaubten.

Pilatus schüttelte den Kopf. „Zuerst jubeln sie ihm zu, wenn er auf einem Esel in die Stadt reitet“, murmelte er unbehaglich, „dann schreien sie ihn ans Kreuz – und dann feiern sie seine Auferstehung. Ist das nicht verrückt?“

„Er ist auferstanden“, sagte Procula. „Er hat es vorhergesagt. Warum freust du dich nicht, Pilatus? Jetzt hast du keine Schuld mehr an seinem Tod. Er ist Gottes Sohn, und du durftest sein Werkzeug sein.“

„So ist es, Prokurator“, stimmte der Centurio zu.

Pilatus sprang auf. „Werkzeug?!“ rief er empört. „Ich ein Werkzeug?!“ Er ballte die Fäuste. „Für diesen – diesen – diesen . . .“

Er rang nach Luft, die Aufregung schnürte ihm die Kehle zu.

Der Centurio sprang ihm bei, schlug ihm auf den Rücken, und der Prokurator bedankte sich auch noch dafür. Schnaufend ließ er sich in seinen Sessel zurückfallen.

Da meldete ihm ein Decurio der Burgwache den Besuch des Hohenpriesters.

„Der hat mir grade noch gefehlt“, brummte Pilatus.

„Soll er abgewiesen werden, Prokurator?“ erkundigte sich der Decurio.

„Nein!“ knurrte der Statthalter, und zu Procula gewandt, flüsterte er: „Als Pontius wünsch’ ich ihn zehnmal am Tag in seine verdammte judäische Wüste hinaus; als Prokurator muß ich ihn anhören.“ Er nickte dem Decurio zu. „Soll kommen!“

„Jawohl, Prokurator“, sagte der Decurio.

„Und Alarmbereitschaft für die ganze Truppe!“ befahl Pilatus. „Verstärkte Streifen in die Stadt! Aufruhr niederschlagen!“

„Zu Befehl!“ schnarrte der Decurio, machte kehrt und ging.

Auch Procula verabschiedete sich. Es stand ihr nicht zu, bei hochpolitischen Gesprächen anwesend zu sein. Gespräche zwischen dem römischen Prokurator und dem Hohenpriester der Judäer waren immer hochpolitisch.

„Du bleibst“, befahl Pilatus dem Centurio aus Kapernaum. „Ich möchte dich als Zeugen bei mir haben, vielleicht auch als Ratgeber. Achte auf jedes Wort, das der Hohepriester spricht; und überlege, wie es gemeint ist. Gesprochene Worte ergeben oft einen anderen Sinn als geschriebene.“

„Gewiß, Prokurator“, stimmte der Centurio zu. „Es kommt auf die Betonung an, manchmal auf eine Geste.“

„Richtig“, sagte Pilatus.

„Josephus Kaiphas, der Hohepriester“, meldete der Türsteher.

Pilatus ging dem Gast entgegen. Der Centurio aus Kapernaum stellte sich hinter den Sessel des Prokurators und gab sich unbeteiligt, wie es einem Leibwächter zustand.

Der Hohepriester kam allein. Pilatus deutete eine Verneigung an, das gebot die Höflichkeit.

Kaiphas warf einen Blick auf den Centurio, dann sagte er in tadellosem Griechisch: „Ich komme ohne Begleitung, Prokurator."

„Ich sehe es", antwortete Pilatus. „Unterhalten wir uns also ungestört. Mein Centurio weiß Geheimnisse zu bewahren. Ich brauche ihn hier, denn in Jerusalem riecht es nach Aufruhr. Sollte es gefährlich werden, muß ich ihm Befehle erteilen." Er lächelte. „Aber das verstehst du ja. Ersparen wir uns lange Vorreden. Ich sehe dir an, daß dich Schweres bedrückt." Er wies auf einen Sessel. „Nimm Platz und sprich."

Kaiphas dankte und setzte sich. Der Centurio sah starr geradeaus, als ob ihn das, was der Prokurator und der Hohepriester besprachen, nichts anginge.

„Kommst du der Gefangenen wegen, die deinen Leuten entwischt sind?" fragte Pilatus freundlich.

Kaiphas hörte den Spott und beherrschte sich. „Nein, Prokurator", antwortete er ebenso liebenswürdig. „Die Gefangenen, von denen du redest, wurden am Sabbat befreit. Da darf sich kein Strenggläubiger wehren. Außerdem wurden die Wächter von Römern angegriffen, da wäre selbst Notwehr tödlich gewesen. Zu spät erfuhr ich, daß die Befreier keine römischen Legionäre, sondern verkleidete Anhänger des Nazareners waren."

„Du bist sehr klug", spöttelte Pilatus. „Nun komm zur Sache."

Da fiel auch von Kaiphas die Freundlichkeit ab. „Aufwiegler schreien in Jerusalem herum, daß Joschua auferstanden sei!" rief er empört. „Tu etwas dagegen, Prokurator, dazu bist du da!"

„Was kümmert mich euer Messias", brummte Pilatus un-

gnädig. „Sein Reich, erklärte er, sei nicht von dieser Welt." Er hob die Hände. „Haben nicht deine Tempelwächter die Geschichte von der Auferstehung ausposaunt?"

„Diese Feiglinge!" zischte der Hohepriester. „Da war kein Engel, wie sie behaupten. Da waren nur die drei Erdstöße, die den Stein vom Grab wegrollten. Vor ihnen liefen die Feiglinge davon. Dann erfanden sie die Auferstehung, um nicht bestraft zu werden." Kaiphas lachte grimmig. „Jetzt verbreiten sie keine Lügen mehr. Sie sitzen im Dunkel, das tut ihnen gut. Wenn sie wieder herauskommen, wird sich keiner mehr an Engel und Auferstehung erinnern."

„Behaupten nicht drei Frauen, sogar *zwei* Engel im leeren Grab gesehen zu haben?" wandte Pilatus ein.

„Sie werden gesucht", sagte der Hohepriester.

„Und?" fragte Pilatus.

„Befiehl deinen Legionären, alle festzunehmen, die Joschuas Auferstehung herumschreien!" rief Kaiphas. „Das bist du dir und deinem Kaiser schuldig! Es ist leicht, das Volk aufzuhetzen, bis es losschlägt. Willst du Krieg in Judäa?!"

„Beruhige dich", sagte Pilatus. „Meine Legionäre sind da, wo sie gebraucht werden. Um eure Glaubensstreitigkeiten kümmern wir uns nicht. Wir haben andere Götter als ihr."

Der Hohepriester biß sich auf die Lippen.

„Laß deine Tempelkrieger zugreifen", spöttelte Pilatus. „Oder laufen sie alle vor Engeln davon?"

Kaiphas sprang auf. Sein Gesicht glühte vor Zorn. „So etwas darfst nicht einmal du zu mir sagen!" rief er empört.

„Sei friedlich", sagte Pilatus gelassen. „Mit einem roten Kopf siehst du nicht gut aus. Männer wie wir sollten keine roten Köpfe bekommen."

Kaiphas schnappte nach Luft.

Da klirrte der Decurio der Wache herein, stand stramm und fragte, ob der Prokurator dem Hauptmann der Tempelwache samt Gefangenen und Wächtern einzutreten erlaube.

„Eine Überraschung, die du dir ausgedacht hast?" fragte Pilatus den Hohenpriester.

„Ich bin genauso überrascht wie du, Prokurator", versicherte Kaiphas.

„Herein mit ihnen", befahl Pilatus.

Der Hauptmann der Tempelwache und der junge Mann, der sich als Neffe des Hohenpriesters ausgab, traten ein. Ihnen folgten vier Tempelwächter mit dem gefesselten Ephraim.

Der junge Mann verneigte sich vor Pilatus, dann vor dem Hohenpriester. „Friede sei mit dir, lieber Onkel." Er sprach griechisch, damit auch Pilatus ihn verstand. „Schade, daß deine Leute überhaupt nicht friedlich sind." Er schüttelte den Kopf. „Und das zu Passah."

Pilatus schmunzelte hinter vorgehaltener Hand.

Kaiphas wandte sich an den Hauptmann. „Was hat mein Neffe denn schon wieder angestellt?" erkundigte er sich unwillig. „Und warum bringst du ihn hierher?"

„Er wollte es, Ehrwürdiger", entschuldigte sich der Hauptmann. „Ergriffen wurde er, als er für den angeblich auferstandenen Joschua – nun ja ..." Der Hauptmann zuckte die Achseln und schwieg.

„... mitlärmte", ergänzte der Hohepriester zornig. „Wohl wieder mal nur so zum Spaß, wie?!" fuhr er den Neffen an.

Der nickte fröhlich. „Erraten, lieber Onkel. Im Ernst glaubt doch keiner so was, aber es war ganz lustig, und die Tempelwächter ärgerten sich mächtig. Du hättest sie sehen sollen." Er lachte. „Und dann das dumme Gesicht deines Hauptmanns, als ich ihm sagte, daß ich dein Neffe bin."

Pilatus biß die Zähne zusammen, der Hauptmann hüstelte verlegen.

„Verschwinde!“ befahl Kaiphas dem Neffen. „Wir sprechen uns später!“ Er wandte sich an Pilatus. „Du gestattest, daß er sich verabschiedet?“

Der Prokurator gestattete es.

Der Neffe verneigte sich knapp vor Pilatus, übertrieben tief vor seinem Onkel, grinsend vor dem Hauptmann der Tempelwache und machte kehrt. Im Vorbeigehen flüsterte er Ephraim auf aramäisch zu: „Solang du nicht in der Grube stehst, wirft niemand Steine auf dich. Ich halt' dir die Daumen, auch wenn das Aberglaube und verboten ist. Mach's gut.“

Dann war er draußen.

Pilatus wies auf Ephraim. „Und der da?“

„Ein Gotteslästerer“, meldete der Hauptmann der Tempelwache. „Er wurde festgenommen, als er in der Töpfergasse plünderte. Er behauptet, nur deinem Spruch zu unterstehen, weil er den Ring des Kaisers besitzt. Hier ist er.“ Der Tempelhauptmann reichte ihn dem Statthalter.

„Unerhört!“ rief der Hohepriester.

„Woher hast du ihn?“ herrschte Pilatus den Gefangenen an.

Kaiphas übersetzte: „Woher hast du den Ring, du Verräter des Gottes deiner Väter und deines Volkes?!“

„Von – von David“, stotterte Ephraim, „aber – ich – ich wollte ihn nicht töten, glaubt mir! Es – es war ein Unfall – und – der Böse hatte seine Hand im Spiel.“

Der Centurio aus Kapernaum flüsterte dem Prokurator die Übersetzung zu, bevor es der Hohepriester tat.

„David?“ fragte Pilatus. „Etwa der Sklave meiner Gemahlin?“

Der Centurio übersetzte, und Ephraim nickte.

Dann hörten der Hohepriester, der Hauptmann der Tempelwache und der Centurio aus Kapernaum das Geständnis des Verzweifelten, und der Centurio übersetzte es dem Statthalter.

Ephraim erzählte von seiner Liebe zu Judith, für die er härter gearbeitet hatte als die anderen Gesellen. Judith zuliebe war er geblieben, als es gefährlich wurde, bei Meister Jochanaan zu wohnen.

Dann war David gekommen. Er brachte den Ring mit, den er dem Prokurator gestohlen hatte, und Judith bevorzugte den Sklaven mit den römischen Manieren vom ersten Augenblick an. Ephraim merkte es, und es tat ihm weh. Eines Tages, hatte er gehofft, würde er Meister Jochanaans Töpferei übernehmen, Judith heiraten und mit ihr glücklich sein. Sechs Kinder hatte er sich gewünscht, es hätten auch sieben oder acht sein dürfen. Und weil Jochanaan und seine Familie dem Nazarener Joschua anhingen, hatte sich auch Ephraim zu dessen Lehre bekannt, obwohl er sie für weltfremd hielt.

Ein Reich der Gerechtigkeit hatte Joschua versprochen, und die Armen sollten darin genausoviel gelten wie die Reichen. – Wo gab es denn so etwas! – Und er hatte seine Anhänger aufgefordert, ihre Feinde zu lieben und denen Gutes zu tun, von denen sie verfolgt wurden. Und im Reiche der Gerechtigkeit würden die Ersten die Letzten und die Letzten die Ersten sein.

Daß Joschua vom Himmelreich gesprochen hatte, war Ephraim entgangen. Wie die meisten Judäer erwartete er vom Messias die Vertreibung der Römer und die Errichtung eines freien Staates aller Stämme Israels.

Nur Judith zuliebe stellte er sich joschuagläubig.

Ihretwegen war er geblieben, als das Haus in der Töpfergasse verwüstet und Ruben entführt worden war. Ihr zuliebe hatte er mitgeholfen, Ruben zu befreien – und nicht einmal ein Lächeln von ihr dafür bekommen. Sie hatte nur Augen für David gehabt, der den Ring des Pilatus trug! – Weitere Hoffnung war töricht.

Ephraim hoffte weiter.

Er begleitete die Anhänger des Nazareners bis in die Nähe des Toten Meeres.

Und David war dabei.

Die Leute aus der Töpfer-, Weber- und Gerbergasse wollten sich der Gruppe um Simon Petrus anschließen. Simon war der Stellvertreter des Messias, Joschua selbst hatte ihn dazu bestimmt. Um wen sonst sollten sich die Anhänger des Gekreuzigten scharen?

Sie waren die Nacht durchgewandert und ans Jordantal gekommen. Da legten sie eine Rast ein. David wollte ein Versteck suchen, in dem sie vor Verfolgern sicher waren. Ephraim begleitete ihn.

Warum?

Weil er verzweifelt auf ein Wunder hoffte. Er wollte David ins Gewissen reden und ihn bitten wegzugehen, damit Judith wieder für ihn, den Ephraim, da war.

Sie entdeckten ein verfallenes Gebäude, und alles kam anders.

„Hier ist Platz für alle“, meinte David.

Und Ephraim konnte plötzlich nicht bitten. Das unbekümmerte Gesicht des Jungen regte ihn auf. Heftiger, als er gewollt hatte, stieß er hervor: „Für dich ist da kein Platz!“ Und er verlangte von David, Judith in Ruhe zu lassen, denn sie gehöre ihm, dem Ephraim.

Da verhöhnte ihn David. „Sie würde mich auch mögen, wenn *du* den Ring des Pilatus hättest“, spottete er. Dann wollte er sich plötzlich mit Ephraim vertragen und streckte ihm die Hand entgegen.

Ephraim sah rot, die Wut verlieh ihm Kraft. Er zwang sich ein Lächeln ab, reichte David die rechte Hand und schlug mit der linken Faust zu. David taumelte, schwankte, fiel – und als er sich noch immer regte, warf ihm Ephraim einen Stein an den Kopf.

Da bebte die Erde in drei mächtigen Stößen.

Ephraim erschrak. Auf einmal war er nicht mehr zornig, sondern nur noch ein Bündel Angst. Er kam sich wie Kain vor, der seinen Bruder Abel erschlagen hatte, und das Dröhnen der Erde drohte ihm als Stimme des zürnenden Gottes.

Er kniete neben David nieder, wollte ihm über den Kopf streichen, zuckte vor dem Blut zurück und murmelte: „Nein – nein, David. Erschlagen wollt' ich dich nicht, das mußt du mir glauben. Ich wollte nur, daß du weggehst."

Er atmete auf, als die Erde nicht länger zürnte.

Da war ihm, als ob sich David bewegt hätte; kaum merklich, aber doch. Jetzt lag er wieder still.

Ephraim riß sich ein Kopfhaar aus und hielt es David vor die Nase. Es bewegte sich leicht. Also atmet er noch, stellte Ephraim fest. Er horchte an Davids Brust. Das Herz schlug schwach.

„Danke, Herr", flüsterte Ephraim; und ihm war, als sei ihm der Stein vom Herzen gefallen, mit dem er David getroffen hatte. Dort lag er, dicht neben dem Jungen, und Blut klebte daran. Ephraim hob ihn auf und schleuderte ihn weit von sich.

Was nun?

Sollte er David in die Ruine tragen und die anderen holen, damit sie sich um den Verletzten kümmerten? Sollte er ihnen erklären, wie alles gekommen war?

Dann ist mir Judith erst recht verloren, sagte er sich. Und ich habe einen Stein auf jemanden geworfen, der zum Volke Israel gehört. Sie könnten mich dafür steinigen; denn „Wer aus Haß den Stein auf einen Gläubigen wirft, der soll durch Steine umkommen".

Ephraim erinnerte sich. Das hatte ihm sein Vater gesagt, kurz bevor er gestorben war.

Da kam die Erleuchtung. Es ist ein Wunder, daß David noch lebt, überlegte Ephraim. Gott der Herr hat ihm beigestanden. Da wird er ihm auch weiterhelfen, denn nur zur Hälfte rettet der Allmächtige niemanden. – Und Judith könnte vielleicht doch noch ...

Wieder wurde Ephraim zornig. „Wärst du bloß bei den Römern geblieben!“ fuhr er David an.

Der Junge stöhnte leise.

Ephraim schleppte ihn von der Ruine weg. Wie schwer dieser Sklave doch war! Aber in der Ruine durfte er nicht gefunden werden – Judiths und der Steinigung wegen. Aber er sollte auch nicht im Sand umkommen. Der wurde mörderisch heiß, wenn die Sonne darauf brannte.

Ephraim hatte graugrünes Gestrüpp am Horizont gesehen. Dorthin schleppte er den Halbtoten.

Auch verstaubte Blätter schützen vor Sonnenstich, dachte er. Und ich tu', was ich kann, damit sich Gott der Herr bei der zweiten Wunderhälfte nicht allzusehr anstrengen muß. Zur rechten Zeit wird er David den Retter schikken. Dann bin ich mit den anderen längst davongegangen. Sie werden David verloren geben, eine Zeitlang um ihn trauern, und er wird mir bei Judith nicht länger im Weg stehen. Er wird auch nicht zurückkommen, das gehört zum Wunder dazu.

Ephraim glaubte, was er sich wünschte.

David drückte immer schwerer, und das verstaubte Gestrüpp schien sich immer weiter zu entfernen.

Wenn bloß das Blut nicht gewesen wäre! Ephraim wurde übel, wenn er Blut sah. Und jetzt schleppte er einen Jungen mit blutendem Kopf über Steine und Sand.

Endlich war es geschafft.

Das Gestrüpp wucherte am Rande einer Schlucht, deren Steilwände fast senkrecht in ein Engtal abstürzten.

Aufatmend legte Ephraim den Stöhnenden an das Gesträuch.

Da fiel ihm der Ring des Pilatus ein. Wozu brauchte ihn David jetzt noch? Ihm, dem Ephraim, konnte er nützen. Kein Judäer würde sich an dem zu vergreifen wagen, der den Ring des Prokurators besaß!

David trug ihn an einem Kettchen um den Hals. Ephraim nahm ihn an sich.

Im selben Augenblick huschte eine Schlange aus dem Strauch, eines jener giftigen Reptilien, die als Geschöpfe des Satans galten.

Ephraim sprang zur Seite, stieß an David – und bevor er zugreifen konnte, war der Junge zum Abgrund gerollt und in die Tiefe gestürzt.

Lautlos – das war das Schrecklichste.

Es dauerte eine Weile, bis Ephraim hinunterblickte.

Unten lag David und bewegte sich nicht. Er war tot, davon war Ephraim überzeugt. Wie hätte ein Mensch diesen Sturz lebendig überstehen sollen!

„Wenn das dein Wunder ist, dann – hab' ich es nicht so gewollt", murmelte Ephraim tonlos. Die Furcht übermannte ihn. Er lief weg, irrte ziel- und planlos umher – und kam zu den anderen.

Sie fragten nach David.

Er sei in einer Ruine zurückgeblieben, die sie als Unterschlupf ausgesucht hätten, log Ephraim. Dann zwang er sich zum Lachen und fragte die anderen, ob sie sich vor Gespenstern fürchteten, die in verfallenen Häusern herumgeistern.

Judith traute ihm nicht. Er merkte es und begriff, daß er endgültig verloren hatte.

Da galoppierte ein Reiter aus Jerusalem heran und schrie,

daß Joschua von Nazareth auferstanden sei. Die anderen scharten sich um ihn.

Ephraim nutzte die Gelegenheit. Wenn ich Judith nicht bekomme, dann hol' ich mir den Lohn, der mir zusteht, dachte er zornig. Er stahl ein Kamel und machte sich davon.

Als er in Jochanaans Haus ausgrub, was er mit Judith und dem Meister zusammen verscharrt hatte, faßten ihn die Tempelmänner. War er der Steinigung in der Wüste nur deshalb entkommen, um vor den Mauern der Stadt Jerusalem gesteinigt zu werden? Verzweifelt berief er sich auf den Ring und wurde vor Pilatus geführt.

„Das ist die Wahrheit", versicherte er zum Schluß, und nicht nur seine Stimme zitterte.

„Wo hält sich Simon versteckt, den die Römer Petrus nennen?" fragte der Hohepriester. Der Centurio aus Kapernaum übersetzte es dem Prokurator.

„Ich – weiß es nicht", stammelte Ephraim. „Bei Gott – ich weiß es nicht."

„Ob es dir in der Grube einfallen würde?" lauerte Kaiphas.

Der Centurio übersetzte, und Pilatus winkte ab. „Hier führe *ich* das Verhör", sagte er auf griechisch zum Hohenpriester. Kaiphas biß sich auf die Lippen und schwieg.

Der Centurio fragte Ephraim auf aramäisch, was Pilatus griechisch fragte: „Wo sind die Leute, von denen du dich fortgestohlen hast?"

Ephraim zögerte, und der Centurio warnte: „Der Prokurator kann dich kreuzigen lassen. Das ist schlimmer, als gesteinigt zu werden."

„Und ob", stimmte Kaiphas zu. Der Hauptmann der Tempelwache nickte sachverständig.

„Wieso kreuzigen?!" stieß Ephraim hervor.

„Du hast einen Sklaven des Prokurators ermordet", sagte

Kaiphas. „Der Sklave war römisches Eigentum. Wer römisches Eigentum vernichtet, stirbt am Kreuz, wenn er kein Römer ist. Bist du vielleicht römischer Bürger, Töpfergeselle?"

„Nein – nein, nein", stotterte Ephraim. „Aber ich wollte David doch nicht töten!"

„Dann antworte", sagte Kaiphas.

Die Todesangst schlug über Ephraim zusammen. Er redete und redete, verriet alles und jeden: das Versteck in der Ruine, die Namen der Leute aus der Töpfer-, Weber- und Gerbergasse und den Reiter, der zu Simon Petrus unterwegs gewesen war.

„Jochanaan wird uns zu Simon führen", sagte der Hohepriester. Mit einer kleinen Verbeugung wandte er sich an Pilatus: „Da Simon und dessen Anhänger Gotteslästerer sind, wirst du wohl erlauben, daß sie von Tempelwächtern festgenommen werden."

Pilatus nickte gelangweilt.

Kaiphas zeigte auf Ephraim. „Und der da, Prokurator?"

Pilatus zuckte die Achseln. „Er ist ein Schwächling", meinte er geringschätzig. „Am Kreuz würde er erbärmlich aussehen, das mögen die Zuschauer nicht. Und in ein Bergwerk oder auf die Galeere? – Da würde er schon in der ersten Woche zusammenklappen."

„Was dann?" fragte Kaiphas. „Er hat sich mit deinem Ring ausgewiesen und deiner Gerichtsbarkeit unterstellt. Du bist verpflichtet, ihn zu verurteilen."

Pilatus ärgerte sich über den Ton. Er überlegte, dann wandte er sich an den Centurio aus Kapernaum: „Du gehst morgen nach Cäsarea ab?"

„Jawohl, Prokurator", antwortete der Offizier. „Und von Cäsarea mit einem Sklaventransport nach Rom, wie du befohlen hast."

„Gut“, sagte Pilatus. „Dann nimm den da mit“, er deutete auf Ephraim, „und übergib ihn in Rom dem Leiter der Zirkusspiele. Für die Löwen in der Arena taugt er gerade noch.“

Der Centurio stand stramm. „Zu Befehl, Prokurator!“

„Zufrieden, Ehrwürdiger?“ fragte Pilatus den Hohenpriester.

Kaiphas hörte den Spott in der Stimme des Römers. Er schluckte den Unwillen hinunter, deutete eine Verneigung an und antwortete: „Wie dürfte ich wagen, dein Urteil anzufechten.“ Dann bat er, sich verabschieden zu dürfen. Von der Festnahme der Leute, die Joschuas Auferstehung verkündeten, war keine Rede mehr. Jetzt ging es Kaiphas darum, die engsten Vertrauten des gekreuzigten Nazareners zu fassen: Simon Petrus, Andreas, Matthäus und die anderen, die mit Joschua zu dessen Lebzeiten durchs Land gezogen waren. Der Töpfer Jochanaan mußte wissen, wo sich dieser harte Kern verborgen hielt.

Ephraim hatte den Weg zum Ruinenversteck genau beschrieben. Die Angst vor dem Tod hatte ihn zum Verrat gezwungen. Jetzt schämte er sich dafür, nannte sich einen Feigling – und war erleichtert, daß er sein Leben behalten durfte. Wenn er bloß gewußt hätte, was Pilatus entschieden hatte; doch er verstand kein Wort Griechisch.

Da wandte er sich an einen Tempelwächter und flüsterte: „Was wird aus mir? – Sag es mir, bitte.“

Der Wächter grinste und antwortete ebenso leise: „Dich werden in Rom die Löwen fressen, und die Römer werden zugucken und Beifall klatschen.“

„Zur Ruine!“ befahl Kaiphas dem Hauptmann der Tempelwache. „Nimm sieben Reiter!“

„Alle festnehmen?“ fragte der Hauptmann.

Kaiphas nickte. „Alle! Und dann alle zu mir!“

Die Judäer verneigten sich vor Pilatus und gingen.

Ephraim blieb zurück. Hinter geschlossenen Augen sah er sich in einer römischen Arena, und blutgierige Bestien sprangen ihn an. Judäer, die in Rom gewesen waren, hatten von solchen Spielen erzählt.

Ephraim erschrak, als ihn jemand anstieß. „Komm mit“, befahl eine Stimme auf aramäisch mit fremdländischer Betonung. Ephraim erkannte sie, noch bevor er die Augen öffnete. Vor ihm stand der Centurio aus Kapernaum. „Beweg dich“, sagte er ungeduldig, aber nicht so scharf, wie Römer sonst zu Gefangenen redeten. Zwei Legionäre traten ein, faßten Ephraim an den Armen und führten ihn weg.

Er wurde in eine Kerkerzelle gestoßen, die Tür krachte zu, ein Riegel kreischte. Dann war Finsternis um Ephraim. Die Kerkerzellen der Burg Antonia lagen unter der Erde.

„Hast du weitere Befehle für mich, Prokurator?“ fragte der Centurio aus Kapernaum den Statthalter.

Pilatus gab ihm den Ring, den sie Ephraim abgenommen hatten. „Er ist nicht echt“, sagte er. „Behalt ihn als Andenken oder mach mit ihm, was du willst.“

„Er glitt dir beim Händewaschen vom Finger“, sagte der Centurio.

Pilatus fragte ihn argwöhnisch. „Was meinst du damit?“

Der Centurio zögerte.

„Sprich offen!“ befahl Pilatus.

Der Centurio wich dem Blick des Statthalters nicht aus. „Joschua oder Jesus, wie du ihn nennst, war unschuldig“, antwortete er ruhig. „Du hast ihn trotzdem verurteilt. Das kannst du nicht abwaschen.“

Pilatus schoß die Zornröte ins Gesicht, doch er beherrschte sich. Stumm wies er zum Ausgang.

Der Centurio grüßte und ging.

Zufall?

Was an diesem Tag noch geschah, sahen die einen als Zufall an, andere als Fügung, Joschuas Freunde als Wunder des auferstandenen Messias ...

Procula, die Gattin des Prokurators, war eine vornehme Dame – und benahm sich an diesem Tag weder vornehm noch damenhaft. Sie war gegangen, als der Decurio der Burgwache den Besuch des Hohenpriesters gemeldet hatte – und neugierig da geblieben, wo sie die Unterredung verfolgen konnte. Daß Kaiphas Joschuas wegen kam, stand für sie fest. Und sie vertraute dem Messias aus Nazareth; jetzt, da sie ihn gekreuzigt hatten, erst recht. Warum, darüber dachte sie nicht nach. Und sie glaubte an seine Auferstehung.

Aus ihrem Versteck heraus beobachtete sie, wie Ephraim angeschleppt wurde, und hörte, wie er Joschuas Freunde verriet.

Ein judäischer Feigling?

Procula stellte sich vor, wie sie sich an seiner Stelle verhalten würde, und verurteilte den Töpfergesellen nicht mehr so streng. Dann erinnerte sie sich daran, daß Pontius Pilatus vor einem Zahnbrecher gezittert hatte und ohnmächtig geworden war, als er das Eisen im Munde spürte.

Joschua und seiner Lehre zuliebe hatte sich Procula von David in der aramäischen Sprache unterrichten lassen. So verstand sie jetzt – wenn auch mit einiger Mühe –, was Ephraim ausplauderte und was der Hohepriester zu seinen Leuten sagte. Der Vorhang, hinter dem sie lauschte, verbarg sie vor den Männern ...

Dann wunderte sich der Centurio aus Kapernaum. Als er

Pilatus verlassen hatte, vertrat ihm Procula den Weg, reichte ihm einen prallgefüllten Geldbeutel und flüsterte befehlend:

„Für den Nazarener, dem auch du verpflichtet bist!

Schick deinen Decurio zu dem Töpfer Jochanaan. Gib ihm das beste Pferd; er muß schneller reiten als die Männer des Kaiphas. Der Decurio soll das Geld dem Jochanaan bringen. Der Töpfer muß mit den Leuten, die ihm gefolgt sind, nach Damaskus fliehen!"

„Wieso nach Damaskus, Herrin?" fragte der Centurio.

„Damaskus untersteht dem Statthalter von Syrien", erklärte Procula. „Er ist kein Feind des Nazareners. Und Damaskus ist eine Stadt, deren Rat vom römischen Kaiser mit besonderen Rechten ausgestattet wurde. Unter den Ratsherren gibt es einflußreiche Anhänger des Messias, die ihn genauso verehren wie du und ich. Müssen wir jetzt nicht denen helfen, die seinetwegen verfolgt werden?"

„Mein Decurio wird reiten", versprach der Centurio. Er steckte das Geld zu sich, verneigte sich, und beide gingen auseinander; Procula in einen Seitengang, der Centurio in die Unterkunft der Legionäre, die mit ihm zuerst nach Cäsarea und dann nach Rom abgehen sollten ...

Kurz darauf galoppierte der Decurio aus Jerusalem hinaus. Ohne Rücksicht auf Geschrei und Geschimpfe trieb er sein Pferd dicht an empörten Pilgern vorbei und durch auseinanderstiebende Gruppen hindurch. Er atmete auf, als er im Hügelland verschwand und die Beschimpfungen nicht länger hörte ...

Simon Petrus, Andreas und Matthäus erlebten ihr Wunder in der Nähe von Golgatha.

Später erzählten sie es den anderen Jüngern:

Als sie in die Nähe des Kreuzigungshügels kamen, trat ein Mann auf sie zu, grüßte sie mit ihren Namen und riet ihnen, heute nicht nach Jerusalem, sondern in das nahe Dorf Emmaus zu gehen.

Simon fragte: „Warum?", und der Fremde antwortete:

„In Jerusalem erwartet euch der Tod. Doch ihr sollt leben, um Gottes Reich zu verkünden. Eure Freunde in Jerusalem haben sich eingeschlossen, weil sie den Feinden nicht in die Hände fallen wollen. Auf dem Weg zu ihnen würdet nicht nur ihr entdeckt werden, sondern auch sie. Wartet in Emmaus, bis der Weg in die Stadt sicher ist. Dann werde ich euch rufen. Friede sei mit euch."

Der Fremde hob die Hände zum Segen, und Simon Petrus fiel auf die Knie. „Mein Gott", sagte er erschüttert.

Andreas und Matthäus sahen ihn verwundert an. Als sie sich dann nach dem Fremden umblickten, war dieser verschwunden.

„Er war es", sagte Simon. „Habt ihr die Wundmale an seinen Gelenken gesehen, als er die Hände zum Segen hob?"

„Nein", gestanden Andreas und Matthäus; aber auch sie glaubten, daß der Fremde der auferstandene Messias war. Seine Stimme klang ihnen plötzlich vertraut, obwohl sie sie jetzt nicht mehr hörten.

Und sie gingen nach Emmaus.

Unbehindert ritt der Decurio in die Richtung des Toten Meeres. Sein Pferd flog dahin, als ob es Flügel hätte. Es war das schnellste Tier aus dem Stall des Prokurators. Nichts störte den fliegenden Galopp; nicht einmal eine Sandviper, vor der Pferde scheuen und ausbrechen.

Kurze Zeit nach dem Decurio ritten der Hauptmann der Tempelwache und sieben seiner Männer in dieselbe Richtung. Auch ihnen folgten Verwünschungen aufgescheuchter Pilger. Diesmal erfüllten sie sich.

Als der Trupp an Golgatha vorüberstob, hetzten verwilderte Hunde von der anderen Seite heran, sieben jener gefürchteten Bestien, die selbst mutige Männer das Fürchten lehrten.

Die Pferde wieherten, bäumten sich auf und donnerten den Kreuzigungshügel hinauf. Mit Mühe hielten sich die Reiter in den Sätteln. Schimpfen, Reißen am Zügel und Fersenhiebe halfen nichts. Erst auf der anderen Seite des Hügels beruhigten sich die Gäule, trabten eine kurze Strecke weiter und standen dann mit zitternden Flanken. Von den Hunden war nichts mehr zu sehen und zu hören.

Damit nicht genug. Das Pferd des Hauptmanns keilte so plötzlich aus, daß der Reiter aus dem Sattel stürzte und sich am Knöchel verletzte. Das bedeutete weitere Verzögerung.

„Ob nicht Joschua, der Auferstandene . . .“, murmelte einer der Tempelwächter.

Mehr konnte er nicht sagen. „Der Auferstandene?!“ fuhr ihn der Hauptmann an. „Wenn wir zurückkommen, lass' ich dich so lange einsperren, bis du nicht mehr an Märchen glaubst, verstanden?!“

„Jawohl“, sagte der Mann und dachte Ungehöriges.

Der Decurio bestellte dem Töpfer Jochanaan Proculas Botschaft und übergab ihm das Geld.

„Das sind die Zeichen, die Simon Petrus versprochen hat“, sagte der Töpfer.

Ein weiteres Zeichen kam dazu. Der Decurio gab Jochanaan auch einen Ring. „Der Ring des Pilatus“, sagte er. „Er ist nicht echt. Mein Centurio meint, daß er euch nützen könnte, nachdem er dem David kein Glück gebracht hat. Der hat sich das Genick gebrochen. Nehmt den Ring als Andenken.“

Jochanaan, Abram und Judith wollten widersprechen. Der Decurio hörte sie nicht an. „Verschwindet, bevor die Tempelmänner kommen!“ rief er ungeduldig. „Auch ich darf mich vor ihnen nicht sehen lassen, das hat mein Centurio befohlen. Friede mit euch, und beeilt euch!"

Er riß sein Pferd herum, trieb es an und ritt in Richtung Jerusalem.

„Aber David lebt doch!" rief Judith ihm nach.

Da war er schon hinter den Hügeln verschwunden und hörte es nicht mehr.

„Ein netter Mann", schwärmte Mirjam. „Schade, daß es nette Männer immer so eilig haben."

„Schäm dich", tadelte Vater Jochanaan.

„Phh", mümmelte Mirjam und verdrückte sich.

„Was ist?" fragte David. Der Lärm vor der Ruine hatte ihn geweckt.

Judith beruhigte ihn. „Alles ist gut. Der Messias befiehlt uns, nach Damaskus zu gehen. Er hat uns einen Boten gesandt. Fühlst du dich kräftig genug?"

David sah sie bewundernd an. „Aber ja", versicherte er rasch.

„Dann wollen wir keine Zeit verlieren", sagte sie verlegen.

Meister Jochanaan gab David den Ring des Pilatus zurück. Dann befahl er den Aufbruch.

Da erklärte Abram, daß er nicht mit nach Damaskus gehe. „Der Messias hat mich vom Aussatz geheilt, doch kein Priester hat mich für rein erklärt", sagte er ruhig. „Nun weiß ich, daß *er* es so wollte."

„*Er*?" fragte Jochanaan. „Der Messias?"

Abram nickte. „Jetzt begreife ich seinen Auftrag. Er schickt mich zu jenen, denen er selbst nicht geholfen hat. Ich werde ihnen beistehen, so gut ich es vermag. Vor Ansteckung fürchte ich mich nicht. Wer die teuflische Krankheit überstanden hat, den verschont sie für immer."

„Du willst doch nicht – in das Tal der Aussätzigen zurück?“ stieß Mirjam hervor. Sie streckte die Hände abwehrend aus, als sei Abram schon wieder gezeichnet.

„Doch, Mirjam“, sagte er, „ich gehe zu ihnen.“

Einwände wies er ab. Einige Münzen, die ihm Jochanaan aus Proculas Spende anbot, nahm er gern. „Für meine Kranken“, sagte er, verabschiedete sich mit dem Friedensgruß und wanderte dem Tal der Aussätzigen zu. Auf halbem Wege dorthin erhob sich der Hügel von Golgatha.

Meister Jochanaan drängte zur Eile.

Damaskus lag weit entfernt.

In der Kerkerzelle war es stockdunkel. Es roch nach fauligem Stroh. Hin und wieder raschelte es. Dann zuckte Ephraim zusammen.

Er fühlte sich von Gott und der Welt verlassen. Wenn er an Rom dachte, überfiel ihn das heulende Elend. Erschreckend deutlich spielte ihm die Angst den Tod in der Arena vor.

Er rief nach Hilfe, winselte um Gnade, trommelte mit den Fäusten gegen die Kerkertür.

Niemand antwortete, kein Riegel kreischte. Ephraim war und blieb allein.

Er warf sich ins Stroh, schlug sich mit den Fäusten an die Stirn und schrie in die Finsternis: „Hör mir zu, Joschua von Nazareth! Ja, ich hab' die verraten, die an dich glauben! Aber hast du nicht Verzeihen gelehrt?! Hilf mir noch einmal, dann glaub' ich, daß du der auferstandene Messias bist – der Sohn Gottes – und daß du Gewalt hast über alle Mächtigen in der Welt! – Und wenn du mich vor der Arena rettest, dann werde ich mein Leben lang anderen helfen – das schwör' ich dir! – Nur schick mich nicht zu den Löwen!“

Da kreischte der Riegel, die Zellentür wurde aufgerissen. Fackelschein blendete. Undeutlich erkannte Ephraim einen römischen Legionär. Der Mann war Syrer und redete aramäisch. „Halt's Maul, du Aas!“ knurrte er Ephraim an.

Dann schlug die Tür zu, und der Riegel wurde vorgestoßen.

Draußen legte der Kerkerwächter das Ohr an die Tür, um weiter zu lauschen. Er hörte den Gefangenen rufen: „Danke, Messias, daß du einen Menschen zu mir geschickt hast! Jetzt weiß ich, daß du mir helfen wirst!“

„So was von Spinner“, brummte der Posten. Dann stapfte er zur nächsten Tür, weil dort auch einer rumorte.

Nur mit Mühe beherrschte sich der Hauptmann der Tempelwache, als er das Ruinenversteck leer fand. „Spuren feststellen!“ befahl er scharf.

Kaum hatte er es befohlen, wirbelte eine Windbö den Sand auf, nahm den Reitern die Sicht und bedeckte die Fährten mit braungelbem Staub.

Der Hauptmann ließ die Umgebung absuchen und fragte Leute aus, die in der Nähe wohnten. Es brachte nichts ein, und kostbare Zeit verstrich.

„Vielleicht hat uns dieser Ephraim auf eine falsche Spur gesetzt“, meinte einer der Tempelmänner.

„Möglich“, gab der Hauptmann zu. „Hier kommen wir nicht weiter. Ich nehm' mir den Kerl noch einmal vor. – Mit Erlaubnis des Prokurators, die ich leider dazu brauche. – Vorwärts, Galopp!“

„Er meint rückwärts“, flüsterte einer der Wächter seinem Nebenmann zu, und beide grinsten verstohlen.

Der Centurio aus Kapernaum wunderte sich, daß ihn ein Legionär der Kerkerwache während der Mittagshitze zu sprechen bat.

Er empfing den Mann ungnädig, doch bald wurde er hellhörig. Der Wächter erzählte von Ephraims Geschrei, das er an der Zellentür belauscht hatte, von der Verzweiflung des Gefangenen und dessen Versprechen an Joschua, den Nazarener.

„Warum kommst du damit zu mir?“ erkundigte sich der Centurio.

„Es heißt – daß du ein Freund dieses Joschua bist“, antwortete der Legionär vorsichtig. „Und es heißt – daß Joschua einen deiner Leute geheilt habe. Da dachte ich, daß du dich vielleicht – freust.“

„Worüber?“ fragte der Centurio knapp.

„Nun ja“, sagte der Legionär, „über den Ephraim, denke ich, weil er sich – ich meine, gewissermaßen – zu Joschua bekehrt hat.“ Vorsichtshalber trat er zwei Schritte zurück. Die Miene des Centurio verhieß nichts Gutes.

„Was verlangst du für deine Botschaft?“ fuhr ihn der Offizier an.

„Die – die Luft unter der Burg Antonia – ist nicht gut“, stotterte der Wächter. „Mein Sold ist – gering, und der Wein in Jerusalem teuer.“

Er atmete auf, als der Centurio schmunzelte, und fing geschickt das Silberstück, das dieser ihm zuwarf. Daß der Centurio. „Du Aas“ dazusagte, kränkte ihn nicht im mindesten.

Sehr ungehalten zeigte sich Pilatus, als ihm der Befehlshaber seiner Leibwache den Besuch des Hohenpriesters Kaiphas meldete.

„Schon wieder?“ brummte der Prokurator. „Was will er denn diesmal?“

„Die Judäer bitten, den Gefangenen Ephraim noch einmal verhören zu dürfen“, meldete der Offizier. „Sie behaupten, er habe sie an einen falschen Platz gewiesen.“

„Ich habe genug von ihrem Gezänk", murrte Pilatus. „Sie sollen mich in Ruhe lassen, bevor ich grob werde!"

„Darf ich das dem Hohenpriester bestellen, Prokurator?" fragte der Offizier.

Pilatus tippte sich an die Stirn. „Bist du verrückt? – Du wirst Seiner Ehrwürden mein tiefstes Bedauern darüber aussprechen, daß ich Seine Ehrwürden leider, leider nicht empfangen kann, da mir Darmbeschwerden schwer zu schaffen machen. Entbiete Ehrwürden meine herzlichsten Grüße, und ..." Er zuckte die Achseln.

„... und morgen ist dieser Ephraim nach Cäsarea unterwegs", ergänzte der Offizier.

„So ist es", bestätigte Pilatus. „Und denk daran: Ich bedaure außerordentlich."

„Jawohl, Prokurator!" Der Offizier grüßte und ging ...

Am nächsten Morgen, noch vor Sonnenaufgang, verließ ein Gefangenentransport die Stadt Jerusalem. Er wurde kaum beachtet. Die meisten Bürger und Pilger schliefen noch.

An der Spitze ritt der Centurio aus Kapernaum. Hinter ihm marschierten Legionäre mit Schild, Schwert und Speer, nach diesen gefangene Judäer, die über Cäsarea nach Rom gebracht werden sollten. Sie waren als Aufständische festgenommen und zu Sklavenarbeit in römischen Bergwerken oder auf den Ruderbänken römischer Galeeren verurteilt worden.

Der einzige für die Arena Bestimmte war Ephraim.

Die Gefangenen waren an Seile gebunden, je zehn Mann hintereinander. Zu beiden Seiten marschierten Wächter mit Lederpeitschen. Den Verurteilten folgten wieder Legionäre, unter ihnen die neun des Decurio, der Jochanaan und dessen Freunde gewarnt hatte. Am Ende des Zuges ritt der Decurio allein.

Die erste Rast befahl der Centurio zu Mittag. Unbarmherzig stach die Sonne vom Himmel. Der Trupp lagerte am Rande eines Ortes, in dem es zwei Brunnen gab. Die Dorfbewohner brachten den Gefangenen Wasser und Brot, den römischen Legionären warfen sie haßerfüllte Blicke zu.

Dann tat der Centurio Seltsames. Er ließ den verurteilten Ephraim vom Seil losbinden und redete mit ihm unter vier Augen.

„Du bist ein erbärmlicher Verräter“, sagte er auf aramäisch. „Doch weil du im Kerker den auferstandenen Messias um Hilfe angerufen hast, sollst du sie bekommen. Du bist frei. Meinetwegen kannst du dich aufhängen, ersäufen, von einem Fels hinabstürzen – oder zu den Aussätzigen verschwinden, zu denen du gehörst.“

Eine Zeitlang stand Ephraim mit geschlossenen Augen. Dann murmelte er: „Zu den Aussätzigen – ja, Messias – ja.“

„Verschwinde, bevor ich es mir anders überlege“, brummte der Centurio.

Ephraim stolperte davon. Niemand aus dem Dorf winkte ihm nach. Die Leute hatten nicht gehört, was der römische Offizier zu dem judäischen Freigelassenen gesagt hatte.

Der Decurio schrieb auf die Liste der Gefangenen hinter den Namen Ephraim: „Unterwegs aus dem Seil gekippt.“ Das war die Formel für „tot umgefallen“. Einem solchen Vermerk forschte kein römischer Kontrollbeamter nach. Aus den Seilen kippten viele auf dem Weg in die Sklaverei.

Und Ephraim war einer der Schwächsten gewesen.

Blüten auf Golgatha

Von der Ruine, in der Jochanaan und seine Freunde eine kurze Rast eingelegt hatten, bis in das Tal der Aussätzigen war ein weiter Weg.

Abram ging zu Fuß. Unterwegs hatte er Zeit zum Nachdenken. Je länger er überlegte, desto unsicherer wurde er. Sooft er rastete und die Augen schloß, sah er sich unter den Gezeichneten, zu denen er vor kurzer Zeit noch gehört hatte. Er sah ihre entstellten Gesichter, ihre verschorften Hände und die Lumpen, in denen sie dahinvegetierten.

Kraftlos sank er am Fuße des Golgathahügels in den Staub.

„Gib mir ein Zeichen, Messias", bat er mühsam. „Bis zum Tal der Aussätzigen ist es nicht mehr weit. Mir wäre wohler, wenn du segnest, was ich tun möchte." Er saß mit geschlossenen Augen und legte die Hand auf die abgeschabte Ledertasche, in der er Salben und Kräuter verwahrte.

„Du bist Abram", sagte eine Stimme über ihm.

Er sah auf und erkannte den Mann, der wie er durch den Staub der Wüste gestapft war. „Ephraim?"

Der andere nickte. „Ich bin es."

Abram stand mühsam auf. „Hast du uns verraten, Ephraim?" fragte er.

Wieder nickte der andere. „Ja, Abram – und ich habe David getötet. Jetzt gehe ich zu den Aussätzigen, um gutzumachen."

„Danke", sagte Abram.

Ephraim sah ihn groß an. „Du dankst mir? Wofür denn?"

„Für das Zeichen des Auferstandenen", antwortete

Abram. „Er befiehlt mich in das Tal der Ausgestoßenen. Jetzt zweifle ich nicht mehr."

„Nimm mich mit", bat Ephraim.

„David lebt", sagte Abram.

Da zitterte Ephraim wie im Fieber, dann atmete er schwer und schämte sich nicht, daß ihm Tränen in die Augen traten.

„Er ließ mich nicht zum Mörder werden“, sagte er dankbar. „Dafür gehört ihm mein Leben. Nimmst du mich mit?“

„Komm“, sagte Abram.

Und sie gingen dem Tal zu, in dem die Höhlen der Aussätzigen lagen.

Einige Tage später kehrten Pontius Pilatus und seine Gemahlin Procula in die Residenzstadt Cäsarea zurück. Als sie ankamen, war das Sklavenschiff unter dem Kommando des Centurio aus Kapernaum mit seinem Decurio und dessen Legionären längst nach Rom unterwegs.

Niemand fragte nach dem Gefangenen Ephraim, der unterwegs aus dem Seil gekippt war ...

Simon Petrus, sein Bruder Andreas und der ehemalige Zöllner Matthäus entgingen den Verfolgern, die der Hohe Rat nach ihnen aussandte.

Immer häufiger hieß es in Jerusalem, daß der auferstandene Joschua seinen Anhängern leibhaftig erschienen sei, mit ihnen gesprochen und sogar gegessen habe.

Und die Feinde des Nazareners fingen einen seiner Jünger. Er hieß Stephanus und bezeugte vor dem Hohen Rat, daß der gekreuzigte Joschua Gottes Sohn sei.

Da schleppten sie ihn zur Grube und steinigten ihn. Und einigen war, als leuchtete strahlendes Licht über dem jungen Mann, der dort unten zusammenbrach. Die blendende Helle dauerte nur einen Herzschlag lang. Die meisten Gaffer hatten sie nicht bemerkt.

Der Tod des Stephanus führte Joschuas Lehre neue Anhänger zu.

Und nach vierzig Tagen hieß es, der Nazarener sei vor den Augen seiner Getreuen in den Himmel entschwebt ...

Das Haus des Jochanaan in der Gasse der Töpfer und die Häuser seiner Freunde in der Weber- und Gerbergasse blieben leer. Niemand traute sich, darin zu wohnen. Es hieß, sie seien verflucht. Warum, wußte kein Mensch; doch niemand wagte, sich zu überzeugen.

Und auf Golgatha, hieß es, da, wo Joschuas Kreuz gestanden hatte, sei ein Strauch mit blutroten Blüten aus dem steinigen Boden gewachsen. Doch sehen könnten ihn nur jene, die an den Auferstandenen glaubten – und daran, daß er Gottes Sohn sei.

Und seine Lehre verbreitete sich im geheimen stärker, als wenn sie geduldet worden wäre ...

Seit fast 2000 Jahren

ist nun Geschichte, was damals geschah.

Was aus Pontius Pilatus, Procula, dem Centurio aus Kapernaum, seinem Decurio, aus David, Abram, Ephraim, Meister Jochanaan und seinen Kindern geworden ist?

Nur weniges berichten Geschichtsschreiber. Um so mehr erzählen Legenden.

Pontius Pilatus wurde im Jahre 36 (nach unserer Zeitrechnung) wegen drängender Beschwerden einflußreicher Judäer als Prokurator abgesetzt und nach Rom zurückbefohlen. Dort verliert sich seine Spur. Einige Geschichtsschreiber behaupten, er sei hingerichtet worden; andere, er habe Selbstmord begangen; wieder andere, er sei auf einem Landgut in Ruhe gestorben.

Procula, heißt es, sei friedlich entschlafen. Schon in der frühchristlichen Kirche wurde sie als Heilige verehrt.

Kaiser Tiberius starb im 78. Lebensjahr. „Eines natürlichen Todes", berichten die meisten Historiker; „durch Gift", einige wenige.

Simon Petrus, sein Bruder Andreas und der Zöllner Matthäus starben lange nach Joschua für ihren Glauben an ihn; Simon und Andreas am Kreuz, Matthäus durch das Schwert.

Die Spuren des Centurio aus Kapernaum und die seiner Leute verlieren sich in Rom. Der Decurio, erzählt die Überlieferung, sei während der großen Christenverfolgung durch Kaiser Nero (der von 54 bis 68 regierte) als Märtyrer in der Arena gestorben.

Von Abram und Ephraim berichtet die Legende, daß sie jahrzehntelang im Tal der Aussätzigen geholfen hätten, so gut sie konnten. Und der Aussatz habe sie bis zum Ende ihrer Tage gemieden. Abram, heißt es, sei 96 Jahre alt geworden, Ephraim fast 100. Und er habe seinen Geist an einem Freitag aufgegeben, zur selben Stunde, da Joschua gestorben war – damals, vor mehr als 70 Jahren ...

Die Flüchtlinge aus der Töpfer-, Weber- und Gerbergasse erreichten Damaskus und fanden dort Unterkunft, Arbeit und eine neue Heimat bei Gleichgesinnten.

Mirjam soll an ihrem sechzehnten Geburtstag einen älteren und sehr reichen Kaufmann geheiratet haben und nach dessen Tod einen jungen Ringkämpfer, der von den meisten Frauen aus Damaskus und weit darüber hinaus angehimmelt wurde. Er blieb – so die Überlieferung – seiner Mirjam ein Leben lang treu. Vor der Hochzeit hatte sie ihm klipp und klar erklärt: „Wenn du mich verlassen solltest, kriegst du keine Kupfermünze mehr von mir. Und ich werde dafür sorgen, daß du in keinem Theater wieder auftreten darfst. Das Geld dazu hab' ich."

David nahm Judith zum Weibe. Ein Jünger, der dem Messias nach dessen Auferstehung begegnet war, segnete ihren Bund.

Davids und Judiths Kinder und Kindeskinder überstanden die schlimmen Zeiten, die über Joschuas Anhänger hereinbrachen. „Christen" hießen sie bald; denn griechische Gläubige nannten den Auferstandenen „Christos, den Gesalbten", was dasselbe bedeutet wie „Messias, der Erlöser". Und „Christus" machten die Römer daraus ...

Wenn man einem ungeschickt aufgekritzelten Stammbaum glauben darf, war unter den Nachkommen von David und Judith ein Bischof von Rom.

Jonas Schicksal und das des kleinen Samuel verlieren sich nach Damaskus im dunkeln ...

„Der Ring des Pilatus" ist eigentlich ein Ring des Tiberius. Sieben davon hatte der Kaiser an Männer vergeben, denen er (zumindest zeitweise) vertraute. Das ist Geschichte.

Zwei dieser Ringe wurden aus jahrhundertealtem Schutt ausgegraben.

Sicher und geschichtlich belegt ist, daß Tiberius dem Pilatus einen Freundschaftsring geschenkt hatte.

Ich habe einen der ausgegrabenen Ringe gesehen.

Warum sollte es nicht der des Pilatus sein?

*

Liebe Mädchen und Jungen,

ich würde mich freuen, von der (dem) einen oder anderen von Euch einen Brief zu bekommen. Schreibt mir, was Ihr über die Geschichte denkt. Vergeßt bitte nicht, Eure Adresse anzugeben. Und wenn Ihr nett seid, legt Ihr eine Briefmarke (als Rückporto) bei. Dafür verspreche ich, Euch ganz bestimmt zu antworten.

Euer

Josef Carl Grund
Trierer Straße 176
8500 Nürnberg 50

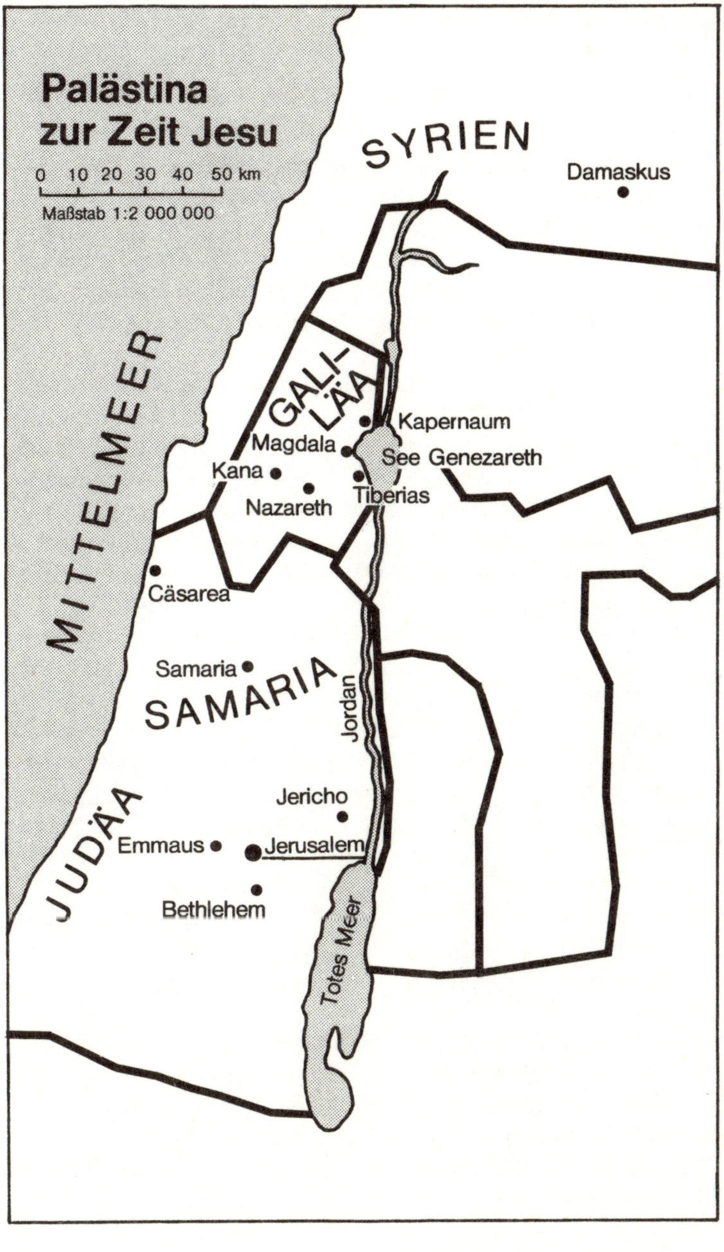
Palästina
zur Zeit Jesu
0 10 20 30 40 50 km
Maßstab 1:2 000 000
SYRIEN
Damaskus
MITTELMEER
GALI-
LÄA
Kapernaum
Magdala
See Genezareth
Kana
Tiberias
Nazareth
Cäsarea
Samaria
SAMARIA
Jordan
JUDÄA
Jericho
Emmaus
Jerusalem
Bethlehem
Totes Meer

Wort- und Sachverzeichnis

Alexandria, heute wichtigster ägyptischer Hafen an der Nilmündung, wurde 332 v. Chr. von Alexander dem Großen (bei der Eroberung Ägyptens) gegründet. Zur Zeit Christi war Ägypten von den Römern besetzt, Alexandria Sitz eines römischen Statthalters, Mittelpunkt des Handels und der Kultur. Für Rom wurde hier vor allem ägyptisches Getreide auf Schiffe verladen.

Aramäisch war zur Zeit Christi die in ganz Vorderasien verbreitete Sprache des Volkes. Jesus redete und lehrte aramäisch. (Das Hebräische galt als Hochsprache jüdischer Gelehrter.) Mit der Ausbreitung des Islam (ab dem 7. nachchristlichen Jahrhundert) wurde das Aramäische vom Arabischen verdrängt. Bis heute blieb „die Sprache Jesu“ etwa 60 km nordwestlich der syrischen Hauptstadt Damaskus in den Dörfern Bakhaa, Dchabaadin und Maalula erhalten.

Aussatz, eine ansteckende Hautkrankheit, beginnt mit rötlichen Flecken, die zu Geschwüren werden. Die Krankheit führt zum qualvollen Ende. Aussätzige galten als „unrein“; alles, was sie berührten, ebenso. Verdächtige mußten dem Priester gemeldet werden. Dieser entschied, ob sie an Aussatz erkrankt waren oder nicht. Geheilte (es waren wenige) mußten sich vom Priester für „rein“ erklären lassen; das war Gesetz. Selbst Jesus befahl denen, die er von der Seuche befreit hatte: „Geht hin und zeigt euch dem Priester.“ (Nachzulesen in der Bibel.)

Burg Antonia: Festung an der Nordwestecke des Tempels, mit diesem durch Treppen und Wehrgang verbunden. Zur Zeit Jesu lag in der Burg Antonia eine römische Kohorte als Besatzung.

Cäsarea (Caesarea), zwischen den Städten Tel Aviv und Haifa (im heutigen Israel) gelegen, war zur Zeit Christi eine bedeutende Hafenstadt und Regierungssitz des römischen Statthalters von Judäa (des Pontius Pilatus in unserer Geschichte).

Centurio („Zenturio“ gesprochen): römischer Offizier (Hauptmann), der hundert („centum“) Soldaten kommandierte.

Damaskus war die bedeutendste Handelsstadt im südlichen Syrien. Zur Zeit Christi bestand dort eine starke jüdische Kolonie, später ein Zentrum der Anhänger Jesu. (Siehe auch „Syrien".)

Decurio (sprich: „Dekurio"): in unserer Erzählung ein römischer Unteroffizier, der zehn („decem") Mann befehligte.

Feurige Zungen: hier Anspielung auf das „Pfingstwunder". Dazu heißt es in der Apostelgeschichte: „Als der Pfingsttag" – der 50.

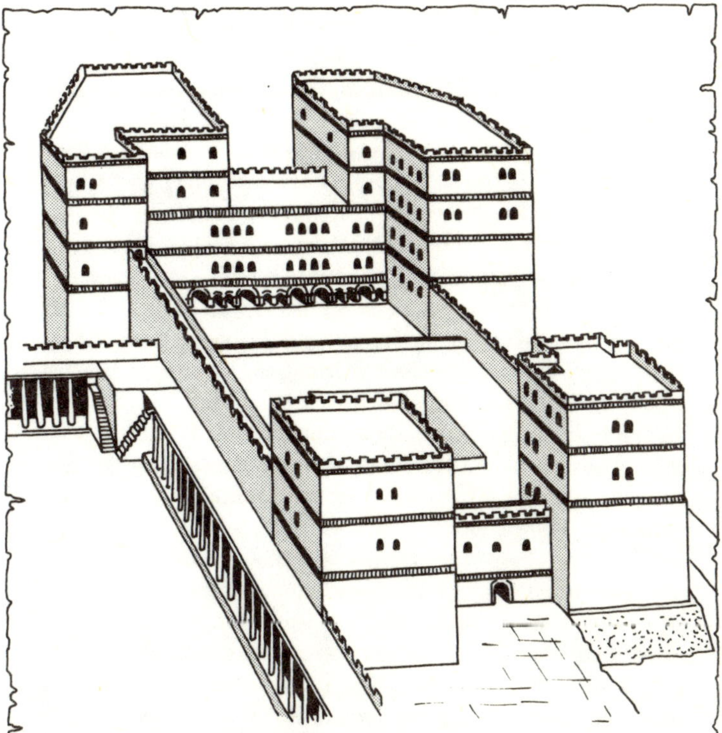

Rekonstruktion der Burg Antonia

Tag nach der Auferstehung – „gekommen war, befanden sich alle“ – gemeint sind die Apostel – „am gleichen Ort. Da kam vom Himmel her ein Brausen, wie wenn ein heftiger Sturm daherfährt, und erfüllte das ganze Haus, in dem sie waren. Und es erschienen Zungen wie von Feuer, die sich verteilten. Auf jeden von ihnen ließ sich eine nieder. Alle wurden mit dem Heiligen Geist erfüllt und begannen in fremden Sprachen zu reden, wie es der Geist ihnen eingab . . .“ – An diesem Tag, berichtet die Apostelgeschichte weiter, bekehrten sich dreitausend Menschen zur Lehre Jesu.

Galeere: vom Altertum bis ins 18. nachchristliche Jahrhundert gebräuchliches Kriegsschiff, das von Sklaven oder Sträflingen gerudert wurde. An 25 bis 50 Ruderbänke waren je drei bis fünf Mann gekettet.

Galiläa – Judäa – Samaria: „Kernländer Israels“, zur Zeit Christi unter römischer Herrschaft (siehe Karte). Judäa und Samaria unterstanden dem Prokurator Pontius Pilatus.

Golgatha (auch „Golgota“ und „Golgotha“): Kreuzigungshügel im Nordwesten vor Jerusalems Stadtmauer.

Hoherpriester: hier Oberhaupt der Priesterschaft in Israel und Leiter des Gottesdienstes im Tempel zu Jerusalem. Als geistliches Oberhaupt der israelitischen Volksgemeinschaft war er Mittler zwischen Gott und Menschen.

Hoher Rat: höchster jüdischer Gerichtshof.

Imperator war im alten Rom zunächst der Titel siegreicher Feldherren; später bedeutete er soviel wie „Kaiser“ (in unserer Geschichte: „Kaiser Tiberius“).

Jerusalem, die Hauptstadt Israels, war bereits im 14. vorchristlichen Jahrhundert als „Urusalimu“ bekannt. König David (etwa 1000–960 v. Chr.) eroberte den Ort von den Jebusitern und machte ihn zu seiner Residenz. Davids Nachfolger Salomo ließ den Tempel bauen (siehe „Tempel in Jerusalem“). Die Stadt liegt auf einem öden, 800 m hohen Kalkplateau, das im Süden und Westen vom Himmontal, im Osten vom Kidrontal begrenzt wird. Im Norden schließt sich Hügelland an.

Jochanaan (sprich „Jochana-an“) ist ein biblischer Name und bedeutet: „Der Herr ist gnädig.“ Aus Jochanaan wurde unser „Johannes“ („Johann“; „Hans“).

Kapernaum (auch „Kapharnaum“) in Galiläa (am Nordende des

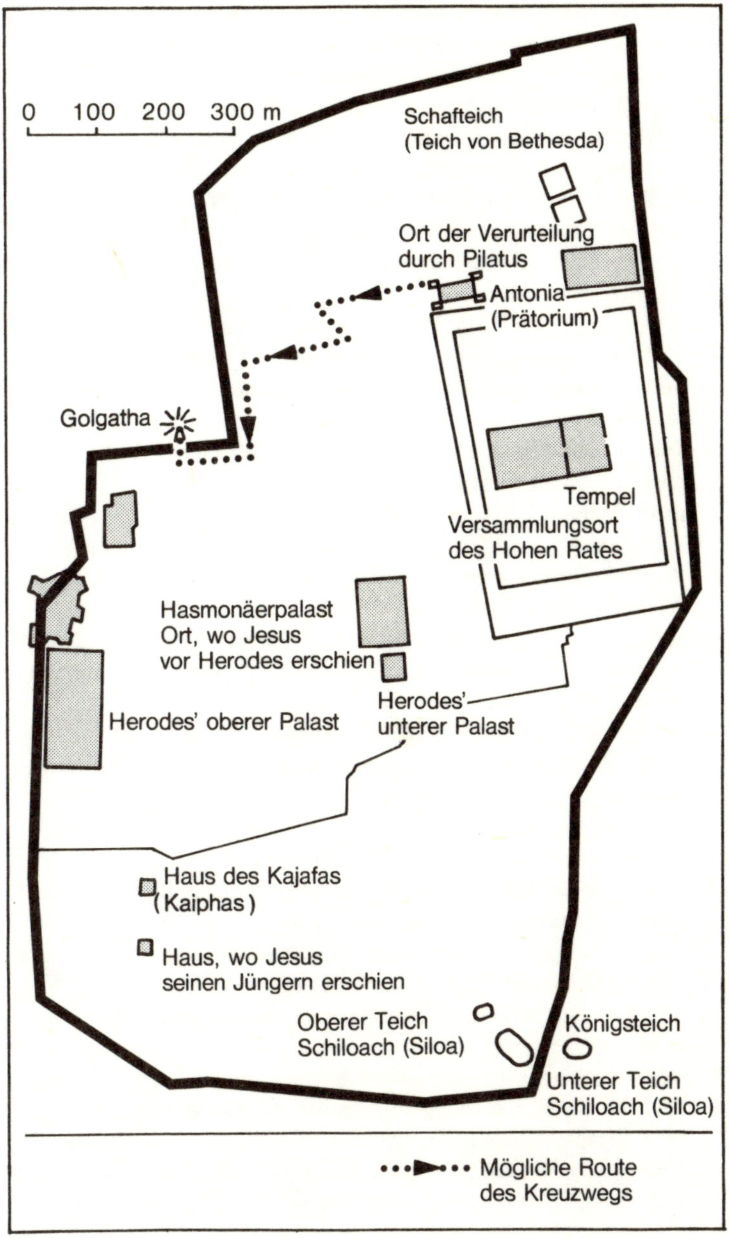
0 100 200 300 m
Schafteich
(Teich von Bethesda)
Ort der Verurteilung
durch Pilatus
Antonia
(Prätorium)
Golgatha
Tempel
Versammlungsort
des Hohen Rates
Hasmonäerpalast
Ort, wo Jesus
vor Herodes erschien
Herodes'
unterer Palast
Herodes' oberer Palast
Haus des Kajafas
(Kaiphas)
Haus, wo Jesus
seinen Jüngern erschien
Oberer Teich
Schiloach (Siloa)
Königsteich
Unterer Teich
Schiloach (Siloa)
Mögliche Route
des Kreuzwegs

Sees Genezareth) war zur Zeit Christi eine bedeutende Stadt mit römischer Besatzung. Jesus hielt sich oft in Kapernaum auf.

Kreuzweg Jesu (heute „Via dolorosa" = „Schmerzensweg").

Legionär: hier altrömischer Soldat. Eine Legion bestand aus 6000 Kriegern. Sie war in zehn Kohorten gegliedert. Jede Kohorte bestand aus drei Manipeln, jede Manipel aus zwei Centurien.

Maultier: Kreuzung zwischen Eselhengst und Pferdestute; pferdeähnlich; sehr ausdauerndes Lasttier.

Messias ist die griechische Form des hebräischen Wortes „Maschiach" (aramäisch „Mesiha") und bedeutet „der Gesalbte" („der Gottgeweihte"). Das griechische Wort dafür ist „Christos" (lateinisch „Christus"). Als „Christen" wurden die Anhänger Jesu „Christi" später bezeichnet und immer wieder verfolgt.

Mirjam = Maria.

Nazareth: Städtchen in Galiläa, in dem Jesus seine Kindheit verbrachte; daher auch „Joschua, der Nazarener".

Passah (hebräisch „Pesach") ist eines der ältesten jüdischen Feste. Es beginnt am 14./15. Nisan (1. Frühlingsvollmond), dauert 8 Tage und erinnert an den Auszug der Israeliten aus Ägypten in uralter Zeit (nachzulesen in der Bibel). Ein Höhepunkt des Festes war der Tempelbesuch, der zu Passah vom Sabbatgebot ausgenommen wurde. Der Gläubige ging in den Tempel, um sich zu heiligen.

Paßgang: schaukelnde Gangart bestimmter Tiere, u. a. der Kamele. Beide Füße einer Seite werden gleichzeitig gehoben oder gesenkt.

Pontius Pilatus (sprich „Ponzius Pilatus"): römischer Statthalter in Judäa; verurteilte Jesus zum Tod am Kreuz.

Prokurator: (lat. Procurator) Statthalter, Vertreter des römischen Kaisers in einer kaiserlichen Provinz.

Provinz: im alten Rom ein erobertes Gebiet (außerhalb Italiens).

Rabbi bedeutet im Hebräischen und Aramäischen „mein Herr". Zur Zeit Jesu wurden bedeutende Gesetzeslehrer und Schriftgelehrte so angeredet.

Ringe hatten in alter Zeit besondere Bedeutung. „Ringe mit Köpfen" und Siegelringe galten als Ausweise. „Der Ring des Pilatus" zum Beispiel, in den der Kopf des Kaisers Tiberius eingraviert war, wies den Prokurator als „engsten Freund des römischen Kaisers" aus. Das bedeutete große Macht. Der Abdruck eines

Siegelrings galt als Beglaubigung. Selbstverständlich konnte mit solchen Ringen Mißbrauch getrieben werden, wenn sie verlorengegangen, gestohlen oder nachgemacht worden waren. Erst seit dem 15. (!) Jahrhundert n. Chr. löste die Unterschrift das Siegel allmählich ab.

Sabbat (hebräisch „Schabat", auch „Schabbes") ist der siebte Tag der Woche, der gläubigen Juden als Ruhetag gilt. Er beginnt am Freitag mit Sonnenuntergang und endet am Samstagabend. Zur Zeit Christi befolgten Gläubige strengste, strenge und weniger strenge Vorschriften. Sehr Stronggläubige enthielten sich am Sabbat jeder bewußten Tätigkeit. Sie nahmen nicht einmal Nahrung zu sich und bewegten sich kaum. Andere Gruppen erlaubten u. a. bis zweitausend Schritte; wieder andere verboten lediglich körperliche Arbeit. Von Jesus berichtet die Bibel, daß er am Sabbat die Synagoge besuchte.

Von der *Speisung der Fünftausend* mit fünf Broten und zwei Fischen erzählt die Bibel im Evangelium des Apostels Matthäus.

Synagoge: jüdisches Gotteshaus (Versammlungsstätte zu Gebet und Belehrung).

Syrien (östlich von Galiläa) war zur Zeit Christi eine römische Provinz.

Talisman (arabisch): ein Gegenstand, der Glück bringen soll (Maskottchen).

Tempel in Jerusalem: erbaut mit Hilfe phönizischer Bauleute unter König Salomo, der von (etwa) 972 bis 932 v. Chr. regierte. – 586 v. Chr. von Soldaten des babylonischen Königs Nebukadnezar II. zerstört, 516 auf Befehl des Statthalters Serubabel wieder aufgebaut. – Seit 20 v. Chr. von König Herodes prächtig erweitert. – 70 n. Chr. (nach einem jüdischen Aufstand) von Legionären des römischen Feldherrn (und späteren Kaisers) Titus endgültig zerstört.

Wasser in Wein verwandelte Jesus auf der Hochzeit zu Kana (nachzulesen im Johannes-Evangelium der Bibel).

Zum Schluß ein Hinweis: Sollte der eine oder andere Ausdruck in unserer Geschichte noch unklar (und in diesem Wort- und Sachverzeichnis nicht erläutert) sein, hilft Nachsehen im Lexikon.

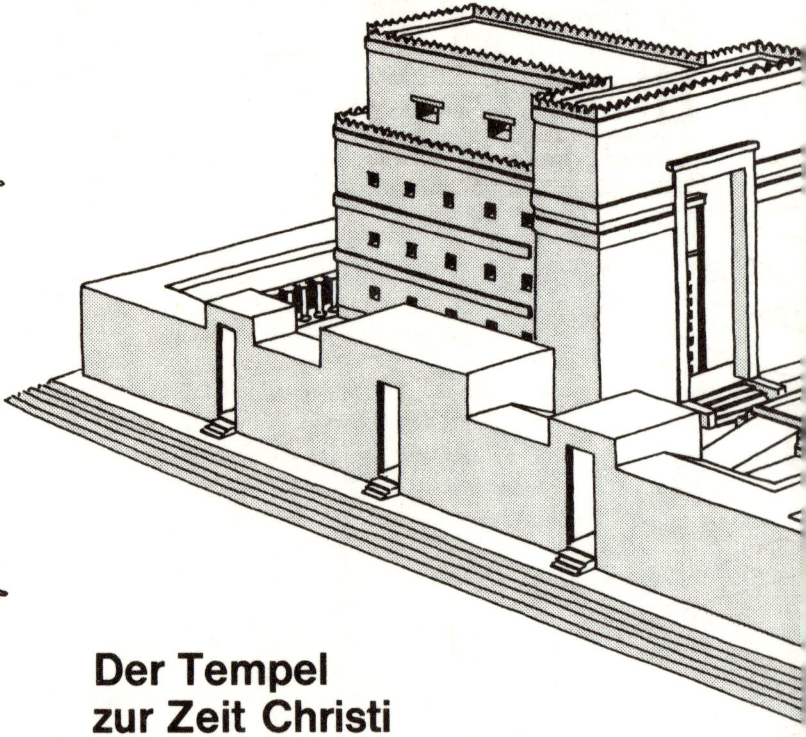

Der Tempel zur Zeit Christi
(Rekonstruktion)